dson
Bai
KA
Atlantischer Ozean
Karibische
Slobbe

*Tecumseh der Berglöwe*

*Tecumseh der Berglöwe*

# *Feuerwasser und Betrug*

Ein junger Indianer trat geräuschlos und geduckt in den Raum: Er schien Furcht zu haben, und trotzdem ging er mit gleitenden Schritten geradewegs bis an den Schanktisch. Es mußte hier etwas sein, was den schmächtigen Indianer seine Furcht überwinden hieß. Er legte seine Rechte vorsichtig auf die Kante des Tisches und blieb wartend mit hochgezogenen Schultern und vorgeneigtem Oberkörper stehen, während die dunklen Augen nach dem Wirte hinspähten.

Der hatte den Delawaren sofort bemerkt, kümmerte sich aber nicht um ihn. Vielmehr hörte er weiter dem Gespräch zwischen seinen Gästen zu.

Mister Tonn war heute guter Laune, denn das »Gästezimmer« war gesteckt voll: drei Männer saßen um den kleinen Tisch herum, und mehr Sitzplätze waren nicht vorhanden. Diese Männer aber wollten nicht nur Pulver kaufen, sie tranken auch von dem Bier, das er selber braute, und es schien ihnen sogar zu schmecken. Zudem war der eine von ihnen ein berühmter Mann, Daniel Boone, der nur Old Danny, der Lederstrumpf, genannt wurde; er hatte Kentucky entdeckt und für die Weißen erobert, und er hatte der blutigen Waldschlacht am Großen Kanawha die Entscheidung gegeben, als schon alles so aussah, als wollten sich die Shawanos die Kopfhäute aller Grenzer und Soldaten holen.

Das war zwar schon einige Zeit her, aber immer wieder hörte man begeistert von jenem Kampfe erzählen; immer wieder auch kamen Leute hierher nach Fort Pitt, die einen Trip nach dem fernen Kentucky, dem Wald- und Graslande im »wilden Westen« gemacht hatten. Sie konnten die Schönheit, die Fruchtbarkeit und den Wildreichtum des großen Landes, das dort weit im Westen hinter den windumsausten, kahlen Höhenrücken und den tannendunklen Quertälern des großen Gebirges lag, nicht genug rühmen. Daniel Boone war der Mann, dem die Weißen dieses Land verdankten; und wenn es auch noch grimmige Kämpfe gegen die Shawanos gab, die Kentucky als ihre Heimat betrachteten, wenn auch Jahr für Jahr viel Blut in den »finsteren und blutigen Gründen« floß und die Indianer immer wieder über den Ohio hereinbrachen – das Land blieb fest in der Hand der Grenzer. Und Daniel Boone war der Erste und Letzte in allen Kämpfen. Seitdem der große Shawanohäuptling Cornstalk ermordet und seitdem auch der edle Ta-ga-ju-tah, der Irokese, tot war, gab es nur noch einen, der Old Danny den Ruhm, der Erste unter den Helden der Grenze zu sein, mit Erfolg hätte streitig machen können. Aber dieser eine trug eine rote Haut.

Es war begreiflich, daß Mister Tonn, der Wirt, den Worten eines Mannes wie Daniel Boone lauschen wollte; vielleicht erzählte er von einer neuen Tat. Und von Kriegstaten und blutigen Überfällen ließ sich der dicke Kerl nur allzugern berichten. Hier in Fort Pitt war es ja sicher, hier war man weit vom Schuß ...

Längst war die Indianerzeit der alten Wald- und Flußfeste vorbei, jahrelang war der Kriegsruf der Roten nicht mehr vor den Palisaden des Forts ertönt ... Das Land um Fort Pitt rechnete schon zu den »alten Staaten«, zum »Osten« – – Kentucky und die Shawanos waren Meilen und Meilen entfernt.

Darum läßt es sich auch so gut zuhören, wenn diese Hinterwäldler aus dem Westen von Raub und Mord und Jagd erzählen, dachte der Wirt und dünkte sich innerlich sehr erhaben über »die beiden groben Kerle«.

Er lag breit und massig über den Schanktisch gelehnt, das stoppelbedeckte, fleischige Kinn auf beide Fäuste gestützt, und hörte mit Augen, Nase, Mund und Ohren den Worten zu, die der Lederstrumpf von sich gab. Aber Daniel Boone sprach nicht viel; er hörte mit stillem, ernstem Gesicht, dem jedoch die hellen, braunen Augen einen freundlichen Ausdruck gaben, eigentlich nur zu, was einer seiner Gefährten heraussprudelte.

»Immer tout seul in den Wäldern, vous savez ... toujours allein, toujours ... nix gut, oh oui, nix gut. Toujours mit den roten Indianern ... gute Leute, n'est pas? Sehr gute Leute, oui, brave Leute ... mais lange, lange Zeit, verstehen? ... Ein Jahr, zwei Jahr, drei Jahr ... langweilig, sehr langweilig. Bin isch gefahren in dieses Fort Duquesne, zu trinken einen Schnaps ... oh lalà, Monsieur Boun, nischt machen solsche Gesischt ... isch nix trinken kein Schnaps mehr. Ihr seid da, isch nix bin allein mehr, isch werde gehen mit eusch ...«

Boone sagte lächelnd: »Ich freue mich auch, Jean Martin, Euch zu sehen. Und drüben in Kentucky können wir Leute wie Euch gebrauchen.«

»Aber isch, Monsieur Boun, isch bin entzückt vor Freude. Ihr geht zurück nasch Kentucky? Mit dem Kanu? Auf den schönen Fluß? ... Gut, gut, isch 'abe eine gute Kanu ici, wir können fahren zusammen, n'est pas?«

Der schwarzhaarige, schwarzäugige Mann war in heller Aufregung. Seine kleine Biberkappe saß ihm schief auf dem linken Ohr, und der gewaltige schwarze Schnauzbart begann sich vor Lebenslust zu sträuben. Er hatte die lange Büchse vor sich zwischen den Knien und mit beiden Händen die rechte Hand des Lederstrumpfs ergriffen, der fast etwas verlegen war. Ein solcher Gefühlsausbruch war bei den zurückhaltenden, verschlossenen englischen Grenzern nicht üblich, und ein anderer als Boone hätte wohl gar abgewehrt oder sich mit einem dummen Witz aus der Verlegenheit geholfen. Aber er dachte an die glücklichen Monate, die nun schon so weit zurücklagen — an jene Zeit, als er mit seinem Bruder und diesem Jean Martin in Kentucky jagte und wanderte. Und so sagte er nur:

»Ihr seid noch ganz so lebhaft wie damals, Jean, als Ihr uns zeigtet, wie man eine Büffelherde spaltet. Aber Ihr seid noch viel brauner geworden, seht aus wie ein Indianer... Habt wohl viel erlebt in diesen Jahren?«

Der französische Waldläufer antwortete. Und als er von den Abenteuern der letzten Jahre berichtete, wurde er ruhiger und fand allmählich auch die englischen Worte wieder, die ihm zuerst ganz entfallen zu sein schienen.

Da hustete leise und schüchtern der Indianer, der immer noch bescheiden und stumm am andern Ende des Schanktisches wartete. Der Wirt wandte sich um, dann ging er zu ihm hin.

»Was willst du?« fragte er ihn.

»Whisky«, antwortete der Delaware.

»Hast du Geld?« Der Rote zeigte einen Silberdollar. »Gib her«, sagte der Wirt grob, nahm ihm das Geld ab und steckte es in seine Tasche. Dann nahm er seine frühere Haltung wieder ein. Als er aufblickte, sah er, daß der Franzose sich umgewandt hatte und den Indianer betrachtete. »Ob er gesehen hat, daß der Rote mir Geld gegeben hat?« brummte der Wirt vor sich hin.

Er stützte sich wie vorhin auf den Tisch; seine Gäste interessierten ihn lebhaft. Er hatte zwar oft genug Gelegenheit, fremden Gesichtern zu begegnen; seine Kundschaft bestand ja fast nur aus Grenzern und Soldaten, hin und wieder kam auch ein Coureur, wie Jean Martin einer war, einer dieser französischen Waldläufer aus Kanada und dem sagenhaften Lousiana, wo sie mit Indianern, mit ihren Hunden, mit Hirsch und Fisch und Vogel ein freies Leben in Hunger und Überfluß führten – je nachdem, wie die Jahreszeit und ihre Büchse es wollten. Von Zeit zu Zeit kam auch ein Indianer, aber das war selten. Mister Tonn und noch mehr John, sein Hausknecht, standen in schlechtem Ruf bei den paar Rothäuten, die sich in der Nähe der Siedlung aufhielten, weil sie sich von ihrem alten Wohnsitz nicht trennen wollten.

Aber daß zwei so bekannte Männer wie Boone und Jean Martin zu gleicher Zeit in seiner Hütte weilten, das war doch noch viel seltener. Das mußte er auskosten.

Doch er kam nicht recht auf seine Kosten. Mister Dawson, der dritte der Gäste, ein würdiger, ehrenfester Quäker aus Fort Pitt, schwieg, und was die beiden anderen sich erzählten, unterschied sich nicht viel von dem, was der Wirt alle Tage zu hören bekam – mit dem einzigen Unterschied, daß alles, was Jean Martin berichtete, viel einfacher, harmloser, ungefährlicher klang, als Mister Tonn es sonst gewöhnt war.

Dem Wirt wurde es langweilig, da bemerkte er den Indianer wieder, der immer noch demütig und geduldig dastand und wartete. Tonn maß den Roten mit einem abschätzenden Blick: er sah mager und verhungert aus. Auf dem nackten Oberkörper waren alle Rippen zu sehen, und die zerrissenen Lederhosen gingen nur knapp bis an die Waden. Es blitzte böse in den Augen des Wirtes; er ging auf den Roten zu.

»Was willst du?« fragte er ihn grob. »Hast du Geld?«

»Weiter Blick Geld schon geben weißen Mann«, entgegnete erstaunt der Delaware.

»Was sagst du da, du Lümmel? Du hast mir das Geld schon gegeben?« rief mit boshaft funkelnden Augen der Wirt. »Na, das mußt du mir erst beweisen!«

»Ja, ich geben dir einen Dollar kurze Zeit.« Der Rote machte eine Pause und fügte dann lüstern hinzu: »Whisky!« Er sagte das mit unverstellter Gier; es schien, daß Whisky ihm alles bedeutete.

Da beugte sich der dicke Weiße über den Tisch hinüber und schlug dem jungen Delawaren so schwer ins Gesicht, daß er zurücktaumelte. »John, schmeiß den Halunken hinaus«, brüllte er dann. Sofort schob sich eine Riesengestalt in die Türöffnung, sah sich in der Hütte um, packte den Indianer ohne weiteres mit der Linken im Genick, mit der Rechten an seinem Ledergürtel, hob ihn hoch, drehte sich mit ihm um, als habe er eine luftgefüllte Gummipuppe im Arm, zog die Arme an und streckte sie aus – und der Indianer flog durch die Tür ins Freie. Er gab keinen Laut von sich, als er draußen niederstürzte. Erst nach einer

Weile erhob er sich und sah sich um; in der Türöffnung stand John, der Hausknecht, die Hände in den Hosentaschen, und sah gleichmütig und schweigend über ihn hinweg, die Straße hinunter zum Fluß. Der Delaware erhob mit einer anklagenden Gebärde die Arme, stand so einige Augenblicke lang, dann senkte er mutlos den Kopf und schlich langsam davon. Er machte gar keinen Versuch, sich zu beschweren. An wen hätte er sich auch wenden sollen?

Der Wirt hatte sich indessen, als sei nichts geschehen, den drei Männern wieder zugewandt, die auf ihren Sitzen herumgefahren waren, als er nach John gerufen hatte.

Der Franzose war aufgesprungen, aber Boone sagte: »Laßt es gut sein, Jean Martin. Was geht Euch der Indianer an!«

»Non, non, non, viel geht err miech an . . .«

»Kennt Ihr ihn denn?«

»Non, non, iech kenn'e ihn niekt . . . aberr ßoll iech ßuse'enn einer solchen Tat . . . Die Indianähr auch sind Menschänn.«

»Ich dachte es mir. Ihr seid Franzose. Und wenn ein Franzose lange unter Indianern lebt, wird er ihr Freund. Ich kenne das. Ist kein Wunder, daß die Roten euch Franzosen so etwas nicht vergessen und euch anders behandeln als unsereinen . . .«

Der kleine Coureur sah seinen berühmten Freund an und wollte etwas erwidern. Da mischte sich der dritte Mann am Tisch in das Gespräch:

»Da sagt Ihr es selbst, Danny, und doch habt Ihr erst gestern noch nicht zugeben wollen, daß die Indianer dankbar sind, wenn man ihnen Gutes tut.«

Das verwirrte, hagere Gesicht des Lederstrumpfs verzog sich ein wenig; Dawson hatte ihm gar zu salbungsvoll gesprochen. Boone schätzte den Quäker, aber seine pastorale Art zu reden war ihm zuwider. Unwillig fast sagte er daher: »Habe schon allzuoft Heimtücke und Verräterei bei den Halunken erlebt, und kann es selbst nicht verstehen, warum sie euch Quäker und die Franzosen anders behandeln als unsereinen ...«

»Ihr könnt es nicht verstehen?«, warf der Quäker ein, und es schien, als wolle er noch mehr sagen.

»Nein, kann es nicht verstehen.«

Der Lederstrumpf sagte das mit so finsterem, wildem Gesichtsausdruck, daß der Quäker schwieg. Er wußte, daß Daniel Boone in seinen Kämpfen mit den Indianern einen Sohn und seinen Schwager verloren hatte, und der Schmerz über diese Verluste hatte den Jäger verbittert. Der starrte jetzt geistesabwesend vor sich hin, als sehe er noch einmal seinen jungen blühenden Sohn vor sich liegen und an der Pfeilwunde verbluten, die ihm ein Tschiroki aus dem Hinterhalt beigebracht hatte – damals, als Boone zum zweitenmal über die Grenze von Kentucky einbrechen wollte.

Aber bald raffte sich der Lederstrumpf aus seinem Dahinbrüten auf.

Was half das Sinnen? Er wandte sich dem Wirt zu und blickte ihn rasch von oben bis unten an. Dann nahm er einen Lederbeutel von dem Tisch auf und legte ihn in die Hände, die sich ihm eilfertig entgegenstreckten.

»Hier, Mister Tonn, wiegt das ab, wir nehmen den ganzen Vorrat«, sagte er. Der Wirt ging zur Waage, die im Hintergrund des großen Raumes stand, und begann mit den Gewichten zu hantieren.

»Seid so freundlich und bringt die Waage hierher auf den Tisch, Mister Schankwirt«, sagte mit ruhiger Stimme Daniel Boone, aber sie klang doch ein wenig schärfer als vorher. Jean Martin war immer noch empört über den Vorfall mit dem Indianer, wollte aber nichts unternehmen, da Boone nicht eingeschritten war. Doch er konnte seinen Zorn nur schlecht meistern. Er wollte gerade etwas sagen, als der Hausknecht, der immer noch an der Tür stand, zurücktrat. Wieder betrat ein Indianer den Raum.

Dieser Mann trug wie der junge Bursche von vorhin den Oberkörper nackt, aber seine Brust war gewölbt und breit, seine Arme muskulös, er war beinahe so groß wie John und reichte mit dem Kopft fast bis an die Decke des niedrigen Raumes; und das, was er an Kleidung trug – lederne Hosen, Mokassins und einen Lendenschurz aus Hirschfell – war sauber und wohlerhalten. Sein Kopf war nicht wie bei dem Delawaren bis auf die Skalplocke kahl geschoren, vielmehr trug er sein Haar in zwei Strähnen nach vorn über die Schultern herabhängend. Nur der Vorderkopf bis zu einer Linie von Ohr zu Ohr war ausrasiert, und das gab dem Roten ein Aussehen, als habe er eine übermäßig hohe Stirn. Er hatte außer zwei langen Wurfmessern, die er im Gürtel trug, keine Waffen.

Der Wirt, der gerade folgsam mit der Waage und den Gewichten nach vorn kam, sah dem Roten grinsend entgegen, als freue er sich über ein neues Opfer. Die Augen des Indianers flammten einen Augenblick lang auf, als sie auf Boone ruhten, der ihn überrascht und achtungsvoll ansah. Aber der Rote hatte sich schon wieder abgewandt; er blickte sich geringschätzig in der armseligen Hütte um, und mochte sie in Gedanken mit dem weit größeren, geräumigen Erdhause vergleichen, das er in seinem Dorfe am Scioto bewohnte. Diese weißen Leute verstanden nicht zu bauen; ihr Häuser waren überall gleich klein, dunkel und niedrig.

Und er hatte recht. Dieses »Gasthaus zum Hirschen« in Fort Pitt war ein gewöhnliches Blockhaus wie die meisten Häuser der kleinen Grenzersiedlungen. Es hatte nur einen einzigen Raum, der durch den langen Schank- und Verkaufstisch in zwei ungleiche Hälften geteilt wurde. Das niedrige Haus hatte auch nur eine einzige Tür, und wenn man von der »Straße« aus in den »Hirschen« trat, so gelangte man mit einem einzigen Schritt in das »Gästezimmer«. So nannte der umfangreiche Besitzer dieses pompösen Hotels die vordere, kleinere Hälfte des Innenraumes.

Hier stand an einem der beiden Fenster ein roh gehauener Tisch, dessen armesdicke Holzplatte auf vier starken Pfählen ruhte, die in den Boden eingerammt waren – und dieser Boden war festgetretene Erde. Die Fenster waren viereckige Löcher in der Balkenwand des Hauses, selbstverständlich ohne Glasscheiben; sie konnten durch Fensterläden geschlossen werden, die aus ungehobelten Brettern bestanden und ebenso wie die Tür in ledernen Riemen hingen.

Hinter dem Schanktisch lag der größere Raum, in dem der Wirt seine Vorräte an Fellen, Schnapsflaschen, Pulver, Bleistangen und Nahrungsmitteln hatte. Dort standen auch der aus Feldsteinen ausgeführte, mit Lehm abgedichtete Herd und daneben zwei »Betten«: einfache Lager aus Fellen und Decken, die auf einem niedrigen Holzrost ruhten. Wenn der »Hirsch« einen Fremden über Nacht zu beherbergen hatte, so mußte John, der Koch, Hausknecht, Zimmerkellner und Handlungsgehilfe des Besitzers dieses großartigen »Stores«, auf der Erde oder auf dem Schanktisch schlafen.

Der Indianer hatte das alles mit einem Blicke erfaßt; nun kehrte er sich dem Wirte zu und legte (ganz wie vorhin der junge Delaware) seine Hand flach auf den Schanktisch. Dann sagte er in gutem Englisch: »Der rote Krieger braucht Pulver. Er zahlt mit diesen drei Fellen.«

Gleichzeitig warf er drei Biberfelle auf den Tisch. Er tat es mit einer Bewegung, als wolle er zeigen, daß eigentlich er der Herr an diesem Orte sei.

Jean Martin hatte ebenso wie Daniel Boone den Indianer erkannt und grinste in sich hinein, der Lederstrumpf aber kniff die Lippen zusammen, und um seine Augen erschienen einige belustigte Fältchen. Dabei blickte er zu Tonn hinüber, als warte er gespannt darauf, was der wohl erwidern würde.

Der Wirt stemmte die Rechte in die Gegend, in der andere Leute ihre Hüften haben, strich sich mit der Linken über das schmutzige, unrasierte Kinn und entgegnete von oben herab, mit höhnischem Wohlwollen in der fetten Stimme: »My little boy, du wirst warten, bis ich dich nach deinen Wünschen gefragt habe.«

Die haarlosen Brauen des Indianers zogen sich kaum merklich zusammen, seine Augenlider senkten sich ein wenig, und sein Blick wurde starr.
»Der rote Krieger ist nicht gewohnt, ein kleiner Knabe genannt zu werden. Der dicke, weiße Mann möge seine Worte vorsichtiger wählen.«
Der Indianer stand während dieser Antwort lässig da wie vorhin, ohne seine Stellung verändert zu haben. Aber den scharfen Blicken Daniel Boones schien es, als werde der Rote kleiner, als ziehe sich sein Körper unmerklich zusammen – so wie ein Raubtier sich duckt, wenn es unversehens auf einen Feind stößt. Auch der Franzose sah die leichte Veränderung, und er beugte sich über den Tisch vor, um sich nichts von dem Gespräch entgehen zu lassen.
Tonn aber merkte nichts. Zunächst einmal war er verblüfft; solch eine Antwort hatte er von den Indianern, die in seine Hütte kamen, um Whisky oder Pulver zu kaufen, noch nie gehört. Er kannte die Roten nur als feige und versoffene Gesellen, die höchstens einmal aus dem Hinterhalt ein paar Weiße ermordeten, aber sofort davonliefen, wenn man ihnen entschlossen entgegentrat – so jedenfalls wurden sie in all den Erzählungen geschildert, die er bisher gehört hatte –, und er kam sich vor wie eine Katze, die mit der Maus spielt. Darum sagte er mit einer Verbeugung, die ihm seltsam genug stand: »Der große rote Krieger möge verzeihen, daß ich ihn falsch angeredet habe. Sein berühmter Name ist mir unbekannt, gewiß aber kennt man ihn bis in die Städte der weißen Männer im Osten.«
Der Indianer verstand die Ironie nicht und glaubte, der Wirt entschuldige sich wirklich. Er hob mit ausholender Bewegung die rechte Hand und hielt sie dem Wirt dicht vor die Augen. Dann führte der Rote sie rasch an seine eigene Stirn und legte sie flach wieder auf den Tisch. Die Bewegung war so schnell gewesen, daß Tonn glaubte, der Rote habe ihn schlagen wollen; er fuhr zurück und schnappte, kupferrot vor Wut, nach Luft. Boone erhob sich und trat näher; es schien ihm Zeit zu vermitteln.

Da fielen die Blicke des Wirts auf John, der groß, schwer und aufgeregt hinter dem Indianer stand und immer wieder stumm auf seine Stirn und dann auf den Roten deutete. Verständnislos sah Tonn ihm zu, er sah dem Indianer in das Gesicht und von da zu John und wieder zurück – aber er begriff nicht.

Der Wirt trat an den Schanktisch, stützte sich mit der Linken darauf, seine kugelrunden Augen blitzten böse und heimtückisch – er beugte sich vor und wollte mit der Rechten zum Schlage ausholen wie vorhin bei dem Delawaren – gedankenschnell war Daniel Boone neben ihm, um seine Hand aufzufangen, Jean Martin sprang vom Tisch auf, um einzugreifen – aber bevor Tonn seine Hand erhob – der Indianer hatte die Linke an den Griff eines seiner Messer gelegt und sich lauernd über den Schanktisch vorgebeugt – sagte John laut und warnend:

»Seht auf seine Stirn, Mister Tonn, seht auf seine Stirn!« Tonn hielt verblüfft noch einmal an, da schritt der Hausknecht eilig um den Tisch herum. Daniel Bonne sagte laut: »Er hat Euch vorhin ja nur seinen Namen genannt, er wollte Euch nicht beleidigen!« Da war auch John schon bei dem Wirt und flüsterte ihm etwas in die Ohren; der erbleichte, sah auf die rechte Hand des Indianers, die immer noch flach auf dem Schanktisch lag, er sah ihm in das Gesicht, und nun, da John sie erklärt hatte, glaubte auch er, die Zeichnung auf der Stirn zu erkennen: sie war roh und primitiv; sie sah etwa aus wie ein liegendes, großes lateinisches H, sie sollte aber einen Pfeil darstellen, der an einer dünnen Schnur von einem Ast herunterhing. Und die Aufklärung, die der lange John ihm gegeben hatte, genügte dem Wirt; er mußte von dem Indianer, der dieses Zeichen trug, schon gehört haben, und er sah ein, daß er diesen Mann anders behandeln mußte. Aber es fiel dem rohen und gewalttätigen Kerl schwer, und er sah sich wie hilfesuchend im Raume um. Von Boone war kein Beistand zu erwarten, von dem Franzosen erst recht nicht: der war ein Indianerfreund. Der dritte von seinen Gästen aber, der

Quäker Dawson, kam in solchen Dingen überhaupt nicht in Betracht. Und John —? Der lange John hatte Angst.
Es war ein schwüles Schweigen in dem Raume, außer dem Flüstern Johns war nichts zu hören. Boone verhielt sich abwartend, der Quäker mochte denken, daß mahnende Worte den Wirt reizen könnten, und schwieg ebenfalls — und der Indianer stand immer noch lauernd über den Tisch gebeugt und wartete.
Tonn sah die linke Hand des Roten um den Messergriff gespannt, und er erinnerte sich all der Erzählungen von der unglaublichen Sicherheit und Schnelligkeit dieses indianischen Kriegers im Messerkampf. Und als der Wirt seinem schweigenden Gegenüber in die Augen blickte, da sah er hinter den halb gesenkten Lidern eine kalte, erbarmungslose Bereitschaft zu Stoß und Zugriff, einen entschlossenen Willen zu sofortiger Sühne jeder weiteren Beleidigung, daß dem dicken, massigen Manne plötzlich die Knie zu zittern begannen; er wurde totenblaß und stand mit bebenden Händen einen Augenblick hilflos und starr. Das dauerte nur einige Sekunden, dann wurde der grobe, ungeschlachte Kerl mit einem Schlage merkwürdig gelenkig. Er stammelte unverständliche Worte, wandte sich erstaunlich schnell um und eilte an die Rückwand der Hütte.
Dort blieb er einen Augenblick vor einigen Lederbeuteln stehen, als überlege er, welchen er wählen solle. Zweifelnd ruhte seine Hand kurze Zeit auf einem heller gefärbten Beutel; die Frechheit wollte sich schon wieder in ihm regen — er horchte nach hinten, es war totenstill im Raum, als hielten die Männer alle den Atem an. Da wandte er vorsichtig seinen Kopf zurück und blickte nach dem Indianer hin. Der stand wie ein großer Schatten vor dem hellen Hintergrund der offenen Tür, er hatte jetzt ein Messer in der rechten Hand, er hielt es vorn an der Spitze und schlug den Griff sanft immer wieder auf die Fläche der linken.
Tonn streckte den Kopf vor und sah dem Spiel mit her-

vortretenen Augen zu, dabei tasteten seine Hände zitternd die Pulverbeutel an der Wand ab, der Rote sah nicht auf und tat, als gingen die übrigen Männer ihn nichts an. Der Wirt schauderte und griff nach einem kleinen Ledersack. Die Angst hatte gesiegt; er bot dem Indianer die beste Pulversorte, die er hatte.

Der steckte sein Messer gleichmütig wieder in den Gürtel, nahm ein glattgeschaftes, weißgegerbtes Lederstück aus einer Tasche, die er um den Hals gehängt trug, breitete es auf dem Tisch aus und schüttete das Pulver darauf. Er warf dem Wirt einen Blick zu, dann beugte er sich, ein unmerkliches Lächeln um die Lippen, tief über den Tisch und prüfte eingehend das Pulver. Tonn sah den Kopf des Indianers ungeschützt vor sich, fast unter sich, er brauchte nur zuzuschlagen, der Rote konnte nichts sehen, er war unvorsichtig geworden ... wieder kämpften Brutalität und Feigheit in seinem Gesicht, er ächzte leise und zog sich bis an die Wand zurück, um der Versuchung zu entgehen.

Da richtete sich der Indianer wieder auf, er nahm etwas Pulver in die Hand und trat damit an die Tür, um die Körner im vollen Tageslicht zu betrachten. Dabei sagte er mit bedauernder Stimme, in der jedoch ein grausamer Hohn schwang:

»Die Beine des dicken Mannes sprechen zuviel. Sie haben Furcht und Feindschaft gesprochen.«

Der Wirt fuhr sich mit der Hand an die Kehle, als werde ihm unwohl, aber er antwortete nicht. Er verstand, daß das Zittern seiner Beine ihn verraten hatte, daß der Indianer sie scharf im Auge behalten hatte, als er über den Tisch gebeugt gewesen war. Was Tonn für Unvorsichtigkeit gehalten hatte, war einfach völlige Beherrschung der Lage gewesen. Er wischte sich den Schweiß von der Stirn.

Der Rote schien zufrieden zu sein; er kam an den Schanktisch zurück und schüttete das Pulver wieder in den Ledersack. Diensteifrig kam der Wirt heran und hielt ihm

den Beutel auf. Der Indianer verschnürte ihn und befestigte ihn an seinem Gürtel. Dann verließ er mit kurzem Kopfnicken den Raum.
Der Wirt sah ihm verstört und erleichtert zugleich nach und starrte noch lange nach der Tür, als er längst schon verschwunden war.
Die Stimme Daniel Boones weckte ihn aus seiner Erstarrung. Sie klang genauso gleichmütig wie sonst, und doch war der Spott in ihr herauszuhören.
»Ihr habt wohl schon gedacht, Eure Kopfhaut sei verloren, Mister Tonn? Habt Ihr geglaubt, der Rächer sei da für die Ohrfeige an Weiter Blick?«
Der Wirt sah den Sprecher böse an, aber der ließ sich nicht beirren, und seine scharfen, braunen Augen blitzten belustigt, als er sagte: »Wie tief muß Euch das Herz in die sauberen Hosen gesunken sein, daß Ihr nicht den geringsten Versuch gemacht habt, den Shawano zu betrügen! Und dabei ist er doch ein ganz junger Kerl!«
Der Wirt hielt geistesabwesend immer noch beide Hände an seinen Hals. Ihm war, als schnüre ihm jemand die Luft ab. Dann wischte er sich wieder den Schweiß von der Stirn.
»Damned«, sagte er leise und stotternd, »Ihr habt gut spotten. Wirklich, ich habe gedacht, er komme wegen des Indianerburschen von vorhin.«
»Na, dann laßt Euch einen Rat geben, Mann. Seid vorsichtiger mit den Indianern hier. Weiter Blick ist ein Säufer und Feigling, und die Delawaren werden ihn aus dem Stamm hinauswerfen, wenn sie erfahren, was hier geschah. Aber Ihr mußtet doch gleich sehen, daß der da kein Delaware war. Wo habt Ihr Eure Augen gehabt; habt Ihr seine Haare nicht gesehen? Die Shawanos vom Scioto sind eine andere Sorte als die paar Delawaren, die Ihr hier im Osten kennenlernen könnt. Und der da ganz besonders!«
Tonn hatte überhaupt nicht mehr hingehört. Es schien, daß ihm jetzt erst richtig klar wurde, in welcher Gefahr

er geschwebt hatte. Er ließ sich schwer auf eine Kiste nieder, und plötzlich kreischte er, stier vor sich hinsehend, laut auf – aber er redete mit sich selbst: »Was hatte der Schuft für Augen ... Mir ist, als ob mir sein Messer im Leibe steckt.«

Und nach einer Weile murmelte er vor sich hin:

»Das war nahe am Tode vorbei. Gut, daß John mich gewarnt hat«.

Nachträglich brach ihm der Schweiß in Strömen aus. Er ergriff einen öligen Lumpen, der auf dem Boden lag, und wischte sich immer wieder die Stirn; der Lappen war schmutzig, und er beschmierte sich Gesicht und Hals damit, ohne es zu bemerken.

Boone und Jean Martin hatten bei dem Quäker zu Mittag gegessen und waren nun auf dem Wege zum Ohio hinunter. Das Haus des Quäkers stand im Gegensatz zu der Blockhütte des Wirtes innerhalb des Palisadenkranzes auf der Höhe des Hügels, auf dem die Siedlung lag. Sowohl Boone wie sein französischer Freund waren schon einige Jahre nicht mehr in Fort Pitt gewesen, und sie waren erstaunt über den Aufschwung, den der Ort genommen hatte. Er hatte Straßen, es gab sogar schon einige Steinhäuser da und dort zwischen den Blockhütten, Bretterschuppen, Holzbaracken; es gab Büchsenmacher und Schmiede, Weber, Bootsbauer und Pelzeinkäufer, es herrschte Leben und Treiben in den grasbewachsenen Gassen, zwischen den Wagen von ankommenden Auswanderern und ausziehenden Viehherden, daß der Coureur, der die atmende Stille des Waldes, das Geräusch flüchtenden Wildes, das ziehende Fließen des Wassers zu hören gewohnt war, große Augen machte und einmal um das andere stehenblieb, um sich ausgiebig zu wundern. Er war schließlich froh, als er zum Tor hinaus ins Freie kam und den Hügel hinunterschreiten konnte.

Plötzlich blieben die beiden Männer stehen. Sie waren an eine Stelle gelangt, von welcher der Hang steil abfiel,

und nun lag der gewaltige Strom vor ihnen. Gerade unter ihnen war die Stelle, an der das Wasser des schmalen und dunklen Monongahela sich stürmisch in den hellen, breiten, gemächlich fließenden Alleghany hineinschob. Hier gaben die beiden ihren Namen auf, von hier an hießen sie gemeinsam nur noch Ohio – aber noch weit hinaus waren die beiden Flüsse im gemeinsamen Bett mühelos zu unterscheiden: links der dunkle, schnelle Bergstrom und rechts der helle Fluß aus der nördlichen Ebene. Die Sonne stand im Südwesten, und nach Nordwesten drängten die Wassermassen des Ohio; meilenweit konnte man von hier oben seinen Lauf verfolgen. Man sah weit über den Fluß und das nördliche Ufer hinweg auf die ungeheuren Wälder hin, die sich in langen, blauschimmernden Wellen ohne Unterbrechung bis zu den kanadischen Seen erstrecken. Dort war alles noch unberührtes Land in dem Dunkel unter den alten Riesenbäumen, die noch keines Menschen Hand angetastet hatte, atmete das glückliche Schweigen der Wildnis. Dort graste der Hirsch und der riesige Elch, Scharen von Wildvögeln wirbelten über den Baumkronen, dort jagten wohl auch der Indianer, der Luchs, der Bilberlöwe, aber sie waren ein Stück dieser Natur und konnten sie in ihrem Walten nicht stören. Südlich des Flusses war eine Gebirgskette an die andere gereiht, auch sie von endlosen Wäldern bedeckt. Das Gebirge war hier nicht mehr sonderlich hoch, doch waren die zahlreichen Quertäler immerhin so tief in das Land eingeschnitten, daß sie eine Reise durch das weglose Gebiet zu einer ermüdenden Anstrengung machten. Das war der Grund, warum es Ansiedlungen fast nur am Ufer des Ohio gab und hier wieder nur auf der südlichen Seite. Die nördliche war voller Gefahren für den weißen Mann, denn die Rothaut betrachtete jeden, der über den Strom ging, als Eindringling und Feind.
Jean Martin nahm das Bild der gewaltigen Landschaft fast andächtig in sich auf. Auch Daniel Boone sah mit heißen Augen den Strom hinab: dort lag die Heimat,

nach der sein Jägerblut immer wieder verlangte: Wald, Fluß, Berg und Bach.
Doch die Männer gaben sich dem Augenblick nicht lange hin; ihr Blick flog in alter Gewohnheit prüfend über das Tal, über die Wälder und Hänge, als suchten sie nach verdächtigen Zeichen. Aber es war alles ruhig.
Sie gingen weiter. Als sie schon fast unten am Fluß angelangt waren, machten sie eiligere Schritte, denn sie hörten Gelächter, Schreien und Toben. Dort am Ufer hatten ein paar Quäker, die ein Vermögen aus dem Pelzhandel mit Indianern zogen, für ihre Agenten einige Blockhäuser gebaut, damit gleich immer jemand zur Stelle war, wenn indianische Verkäufer eintrafen. Die Roten kamen nicht gern in das Fort hinauf, und so spielte sich der Pelzhandel unten am Fluß ab.
Als Boone und Jean Martin um die Ecke eines Blockhauses bogen, hatten sie die aufgeregte Szene direkt vor sich. Eine Schar von etwa dreißig Jägern, Bauern, Händlern stand im Kreise um den Eingang zu dem Blockhaus, das der Quäker Dawson für seine Agenten gebaut hatte. Der Agent selber stand, ein selbstzufriedenes Lächeln auf seinem verschmitzten Gesicht, in der offenen Tür, die Arme über der Brust gekreuzt und leicht an den Türpfosten gelehnt.
Die Männer traten näher, und nun sahen sie, was die Ursache des Lärms war: an der Hausecke stand, stier vorsich hinblickend und unsicher hin und her schwankend, ein Indianer, mit der linken Hand auf sein Gewehr gestützt; mit der Rechten hielt er sich am Gebälk der Hütte fest. Er sprach leise und stotternd indianische Worte vor sich hin und schien nichts von seiner Umgebung zu sehen. Ihm zu Füßen lag lang ausgestreckt und ohne jede Regung ein zweiter, Arme und Beine von sich gestreckt, als sei er gerade gestorben. Auf der Erde, mit dem Rükken an die Wand der Hütte gelehnt, saß ein Dritter; er hatte ein auffallend regelmäßiges, männlich schönes Gesicht, aber dieses Gesicht war unnatürlich dunkel. Er

hielt nur noch mit Mühe den Kopf hoch und sang mit heiserer, lauter Stimme und glänzenden, rollenden Augen unverständliche indianische Weisen.
Diese drei Roten wurden jedoch von den Jägern und Ansiedlern kaum beachtet; ihre ganze Heiterkeit galt dem vierten der Indianer, der tolpatschig wie ein Bär im Kreise herumhüpfte und mit selig verklärtem Gesicht nach irgend etwas griff, woran er sich halten könnte. Aber die weißen Männer wichen immer wieder aus, wenn er ihnen zu nahe kam; dann torkelte er haltlos vorwärts; doch bevor er stürzen konnte, riß ihn jemand von hinten am Gürtel oder am Arm zurück und freundlich lächelnd suchte sich der Rote seinem Helfer zu nähern.
Boone sah dem Treiben eine Zeitlang zu. Die anderen Leute johlten, lachten, riefen dem Indianer allerlei derbe Worte zu, zupften ihn an den Haaren, rissen ihn an den Armen zurück – der Rote aber nahm nichts übel, jauchzte, lachte und stotterte. Schließlich aber konnte er sich doch nicht mehr auf den Beinen halten und stürzte zu Boden.
In diesem Augenblick trat ein langer Kerl, der offenbar eben hinzugekommen war, in den Kreis und schrie: »Donner, der hat gut geladen!« Aber das lachende Gesicht veränderte sich, als er den Indianer näher ansah: »Männer, das ist dieser verfluchte Shawano – schlagt ihn tot, jetzt ist die Zeit gekommen.«
»Ho, John, so mutig auf einmal – ist doch sonst nicht deine Art.« Der Sprecher, ein untersetzter, breitschultriger Mann mit struppigem Bart, grinste.
»Halt's Maul, Tim. Hast du noch nie von ihm gehört? Der hat mehr gute Leute auf dem Gewissen als zehn andere Rote zusammengenommen. Jetzt können wir Rache nehmen.«
»Kennst du ihn denn, John? Wer ist es, sag seinen Namen?« Die Männer drängten sich um den langen Hausknecht Alfred Tonns, des Gastwirts, und sahen ihn erwartungsvoll an.

»Wer er ist? Das ist der Fliegende Pfeil – seht auf seine Stirn, dort ist das Zeichen zu sehen.«
»Tecumseh?« Der Name klang wie ein Schrei, erschrocken traten die Nächststehenden unwillkürlich ein paar Schritte zurück. Aber der Untersetzte, der vorhin Tim genannt worden war, lachte.
»Das soll Tecumseh sein? Das Bürschlein dort, das nicht einmal ein bißchen Schnaps vertragen kann? Der besoffene Kerl dort?«
»Ja, das ist der blutige Shawano. Seht euch doch das Zeichen an, das er auf der Stirn trägt! Niemals war die Gelegenheit so günstig wie jetzt, schlagt ihn tot, den Kerl, erwürgt ihn!« John machte ein paar Schritte vorwärts, aus dem Kreis der anderen heraus auf den Indianer zu und hob die Riesenfäuste. Aber trotz seiner Wut und seinem Haß wagte er nicht, die letzten Schritte zu tun – er blieb stehen, als warte er auf Verbündete.
Tim trat vor ihn hin. »Bleib bei Verstand, Mann!« sagte er laut. Und fuhr dann leise flüsternd fort: »Hab nichts dagegen, wenn es wirklich Tecumseh ist – aber nicht hier, vor aller Augen; nachher ist auch noch Zeit.«
»Seht Euch vor! Er steht auf!« schrie eine Stimme. Tim wandte sich um und taumelte zurück. Dicht vor ihm stand der Indianer mit vorgebeugtem Oberkörper, ein blankes Messer in der Faust, mit wild glühenden Augen.
»Wer fragt nach Tecumtha?« sagte er mit schwerer Zunge. »Wer will von Tecumseh hören? Der Shawano ist bereit zu antworten.«
Da trat Boone vor.
Während sich vor seinen Augen die wüste Szene abspielte, hatte er sich des Tages erinnert, an dem der Frieden von Chillicothe geschlossen worden war. Damals hatte dieser Tecumseh auch vor ihm gestanden, schlank, stolz und verschlossen, und er hatte sich bereit erklärt, den Friedensbruch eines Mannes aus seinem Stamme mit seinem eigenen Blute zu sühnen. Damals hatte Tecumseh sich freiwillig den Händen seiner Feinde ausgeliefert, damit sie

ihn töteten und damit auf diese Weise die Schande des Wortbruchs von seinem Stamme genommen würde.
Daniel Boone war der Mann, der hart und rücksichtslos war, wenn es sein mußte — aber jene Opfertat des jungen Indianers hatte sich ihm unauslöschlich eingeprägt — er sah die rohen, grinsenden und verständnislosen Gesichter der Virginier noch vor sich, die damals dabeigewesen waren und mit tausend Freuden den Shawano in Fetzen geschossen und gestochen hätten, er sah die düstere Trauer der alten Häuptlinge, die Tecumseh auf seinem Gange zum englischen Oberbefehlshaber begleiteten, er sah die Erschütterung auf dem Gesicht des Grafen Dunmore — und er mußte jetzt einschreiten. Ein Gefühl männlicher Verbundenheit war in ihm wach geworden. Daniel Boone fühlte: Gegen diese Pelzhändler, Schmiede, Bootsbauer, Schnapsbrenner mußte er Tecumseh schützen, wenn er auch draußen in den Wäldern sein Feind war.
Und so sagte er jetzt, vielleicht in wärmerem Ton, als er eigentlich gewollt: »Kommt, Tecumseh, dies ist nicht der Ort für einen Krieger, wie Ihr es seid.« Er hielt ihm die Hand hin. Mit einem Schlage war es still im Kreise, nur der Betrunkene, der an die Wand gelehnt dasaß, sang heiser weiter. Tecumseh sah auf die Hand herab, die sich ihm entgegenstreckte; er stand breitbeinig da, schwankte langsam hin und her, schließlich schob er mit unsicheren Händen sein Messer wieder in den Gürtel und griff nach dem Arm des Lederstrumpfs, um sich an ihm festzuhalten. Boone führte den Roten an dem Agenten vorbei, der unwillkürlich Platz machte, in die Hütte.
Tecumseh ließ sich auf ein Bärenfell fallen, rollte sich zusammen wie ein Raubtier und war wenige Minuten später eingeschlafen.
Draußen aber gab es einen erregten Wortwechsel, und je lauter die Männer schrien und schimpften, um so lauter grölte und sang der betrunkene Indianer mit, der an der Wand des Hauses saß. Schließlich betrat Jean Martin zusammen mit dem Agenten des Quäkers die Hütte.

»Kein ehrlischer Mann betrügt Indianer mit Schnaps.«
»Ihr seid Daniel Boone, Herr?« fragt der Agent. »Ich habe den Indianern Felle abgekauft, ich habe ein gutes Geschäft gemacht. Da Ihr ein Freund von Herrn Dawson sein, so sagt diesem Franzosen hier, er möge mich in Ruhe lassen.«
Doch der Lederstrumpf entgegnete:
»Das müßt Ihr mit Mister Dawson selber abmachen. Mich gehen Eure Geschäfte nichts an. Und auch die Roten sind mir gleichgültig. Nur von diesem hier will ich nicht, daß er zum Gespött der Männer draußen wird. Ich kenne ihn ... laßt ihn hier bei Euch schlafen, bis sein Rausch von ihm gewichen ist.«
Der Agent wollte widersprechen, da fuhr er erschrocken herum: die beiden Shawanos, die sich noch auf ihren Beinen hatten halten können, traten in die Tür. Sie schienen plötzlich nüchtern geworden zu sein, und einer von ihnen, der Sänger von vorhin, brüllte die Weißen an:
»Wo haben die weißen Leute Tecumtha* hingeführt? Kish-Kalwa will es wissen – gebt ihn heraus.«
Der Agent wich vor dem drohenden Blick des Roten entsetzt zurück, Boone aber zeigte auf den Schlafenden und sagte:
»Es wird gut sein, wenn mein Bruder Kish-Kalwa ebenfalls schläft.« Die Angst und die Drohung verschwanden aus dem Gesicht des Indianers, es glitt ein warmes Leuchten darüber, als er den Gesuchten sah, dann ging er die paar Schritte vorwärts und legte sich vor Tecumseh auf die nackte Erde wie ein Hund, der seinen Herren bewachen will; der Kopf fiel ihm auf die Arme, und er war, ganau wie vorhin Tecumseh, im Augenblick eingeschlafen. Boone und Jean Martin trugen auch den vierten herein und verließen die Hütte. Mochten die Indianer erst

* Jeder Indianer hatte mehrere Namen, die nebeneinander gebraucht werden konnten, wenn auch ein Name immer besonders bevorzugt wurde. Tecumtha ist hier *kein* zweiter Name, sondern nur eine Abwandlung von Tecumseh.

einmal ihren Rausch ausschlafen! Der Agent gab sich zufrieden, aber er ging mit ihnen; er hatte offenbar Furcht davor, allein bei den Shawanos zu bleiben.
Am nächsten Morgen ging Jean Martin mit dem Quäker Dawson in dessen Blockhütte hinunter. Boone begleitete die beiden. Der Franzose hatte den Quäker gebeten, den betrügerischen Handel mit den vier Shawanos rückgängig zu machen, und Dawson, ein ehrenhafter, frommer Mann, hatte sich dazu ohne langes Zaudern bereit erklärt. An seinem Entschluß war freilich auch geschäftliche Klugheit nicht unbeteiligt. Die Indianer hatten ihm die gesamte Winterausbeute ihres Stammes herangebracht; wenn er sie jetzt betrog, konnte er nicht hoffen, jemals wieder von den Shawanos Felle einhandeln zu können. Und selbst wenn er ihnen jetzt den regulären Preis bot, verdiente er immer noch hundertfach daran.
Daniel Boone hatte sich an den Gesprächen zwischen Jean Martin und dem Quäker nicht beteiligt. Dieser junge Tecumseh hatte es ihm angetan. Er wußte selbst nicht mehr, wie es gekommen war, daß er gestern plötzlich das Gefühl gehabt hatte, er müsse diesen Mann vor dem Gelächter und dem Hohn der Menge schützen. Als er den Shawano seines Körpers nicht mehr mächtig hatte herumtaumeln sehen, als die Soldaten und Grenzer ihn verhöhnten und verspotteten, da war es dem Lederstrumpf gewesen, als werde er selbst in seinem Stolz beleidigt.
Er trat hinter Dawson und Martin in die Blockhütte. Auf einer großen Kiste saß steif, die Ellenbogen an den Körper gepreßt, die Hände rechts und links von den Knien auf den Rand des Kastens gelegt, Tecumseh. Er sah dem Quäker starr in die Augen, sagte aber kein Wort. Hinter ihm standen seine drei Begleiter; sie hatten die Köpfe gesenkt und schwiegen ebenfalls.
Der Blick Tecumsehs schien Dawson zu verwirren, und der Shawano wandte, als bemerke er das, seine Augen ab und sah Daniel Boone an. Als er ihn erkannte, verzogen sich seine Lippen ein wenig. Dann sagte er tonlos:

»Die Lange Büchse hat den Fliegenden Pfeil der Shawanos als lallendes Kind gesehen.«

Mit einer traurigen und dabei trotz aller Beschämung stolzen und anmutigen Bewegung legte der Shawano die rechte Hand flach an seine Stirn.

»Du hast den Fliegenden Pfeil zum letztenmal gesehen.«

Die Augen des Indianers flammten auf, dann wurden sie wieder starr. Er erhob sich und wandte sich zu seinen Begleitern:

»Meine Brüder mögen mir folgen.«

Da erst ergriff Dawson das Wort:

»Halt! Dein Name ist bis zu mir gedrungen, obwohl ich kein Krieger und kein Jäger bin. Mein Name wird dir unbekannt sein, aber ich bin ein ehrlicher Mann. Ich betrüge meine roten Brüder nicht. Der Verkauf der Felle ist ungültig. Du bist gestern dem Wasser erlegen, das süß auf der Zunge ist, aber im Gaumen brennt und den Kopf dumm macht. Es war nicht mein Wille, daß dies geschah. Aber nun wollen wir die Felle noch einmal prüfen, und ich werde dir den rechten Preis dafür bezahlen.«

Kish-Kalwa schrie erregt auf, die beiden anderen, die kein Englisch verstanden, fragten ihn hastig, was geschehen sei, er erklärte es in überstürzten Worten, alle drei machten ein paar schnelle Schritte auf den Sprecher zu, einige halb ungläubige, halb frohe Ausrufe, aufgerissene Augen . . . Tecumseh selbst blieb stumm. Er sah den Quäker an, er blickte zu Jean Martin hinüber, sah den Agenten des Händlers mit beleidigtem Gesicht und achselzukkend an der Wand lehnend, dann blieb sein Blick an Daniel Boone haften.

Was war das für eine Nacht gewesen! Er, Tecumseh, der sich der Erste in seinem Stamme glaubte, hatte die ganze Winterernte seines Volkes um ein paar Flaschen Schnaps verkauft!

Mitten in der Nacht war er aus seinem totenähnlichen Schlaf aufgewacht, er hatte sich in einem abgeschlossenen Raume gefunden, den er nicht kannte. Er hatte seinen schmerzenden Kopf gemartert, um sich die Ereignisse des vergangenen Tages wieder in das Gedächtnis zurückzurufen ... Es summte und brauste und stach in seinem Gehirn, aber das Entsetzen über diese unbekannte Krankheit, die seinen Kopf betäubte und seinem Magen eine flaue Übelkeit verursachte, war ihm auf selbstquälerisch grausame Art willkommen ... Dann allmählich war ihm, Bruchstück für Bruchstück, alles wieder eingefallen ... Er erinnerte sich daran, wie der Agent ihm das fremdartige Wasser angeboten hatte, das süß und herb zugleich schmeckte und auf der Zunge und in der Kehle feurig brannte ... wie er ein Glas getrunken hatte und noch eins ... und wie der weiße Mann ihm zugeredet hatte, noch mehr zu trinken. Tecumseh hatte eigentlich längst keinen Durst mehr, aber das Feuerwasser schmeckte angenehm. »Es ist ein Getränk für einen Krieger«, hatte der Agent gesagt, und der Shawano hatte in seinem Dorfe am Scioto, tief in den Wäldern des Indianerlandes, noch niemals solch ein Wasser getrunken. Er hatte wohl gelegentlich andere trinken sehen, aber noch niemals die Wirkung des Branntweins am eigenen Leibe erfahren ... So war es gekommen. Und so war er dem betrügerischen Weißen arglos in die Falle gegangen ... Was weiter gewesen war, das wußte er nicht mehr genau; nur das eine war ihm klar: daß er alle Felle, die sein Stamm ihm mitgegeben hatte, für ein paar Flaschen verkauft hatte ... Er hatte keinen Schlaf mehr gefunden, bis er durch die Ritzen im Gebälk des Blockhauses den Morgen heraufschimmern sah.

Der Lebensanschauung des Indianers ist das Denken an Selbstmord nicht fremd. Und so war für ihn, so verzweifelt er auch gesucht hatte, kein Ausweg möglich gewesen. Wie sollte er, mit dieser Schande beladen, wieder vor seinen Stamm, vor die eiskalten Blicke der Alten, das spöttische Lächeln der Jungen, vor das Gekeife der Weiber treten, die auf Perlenketten, auf bunte Tücher und sonstigen Tand gehofft hatten ...

Und nun kam dieser Weiße und sagte, er wolle den rechten Preis bezahlen. Er sah den Quäker noch einmal an. Ja, der Mann meinte wirklich, was er sagte.
Die Augen des Indianers wurden groß, er sah den Händler mit durchdringendem Blick an, als wolle er seine Seele ausschöpfen. Instinktiv fühlte der Rote, daß Dawson nicht aus freien Stücken von dem Kauf zurücktrat. Mit der feinen und tiefen Menschenkenntnis des Naturkindes und Jägers erkannte er, daß dieser auf eine durchschnittliche Art gute Mensch von einem anderen zu seinem rechtlichen Verhalten veranlaßt worden war, daß Dawson nicht nur aus uneigennützigen Beweggründen so handelte. Wer konnte ihn vor der Schande gerettet haben? Er blickte zu Daniel Boone hinüber – er sah nur gleichmütige Hochachtung in den braunen Augen des Lederstrumpfs. Aber in dem leidenschaftlichen Dankgefühl, von dem Tecumseh erfüllt war, glaubte er, mehr darin lesen zu können. Und so machte er ein paar rasche Schritte auf den berühmten Grenzer zu und ergriff dessen Hand:
»Er ist ein Sohn des Miquon*. Ich glaube es. Du aber hast mit ihm gesprochen. Tecumseh weiß es. Nie wieder wird Tecumseh das brennende Wasser über seine Zunge rinnen lassen. Tecumseh war von seinem Volk ausgesandt, die Felle zu verkaufen. Man hatte Tecumseh gewählt, obwohl er jung ist. Aber der Häuptling vertraute mir. Tecumtha war ein toter Mann, denn er ist gewesen wie ein kleines Mädchen, das an der Hand der Mutter geht und nicht weiß, was es tut. Tecumtha hatte die Felle seines Stammes und seine Ehre in das brennende Wasser geworfen.«

* Miquon nannten die Indianer William Penn, der mit Quäkern die Kolonie Pennsylvanien gegründet hatte. Er war bei allen Stämmen noch lange nach seinem Tode unvergessen, weil er ehrlich und gerecht mit ihnen verfahren war. Und noch in den wildesten Indianerkriegen pflegten die Roten die Quäker nicht nur zu schonen, sondern sogar zu beschützen.

Er machte eine Pause, seine Stimme war rauh und heiser, und zuerst hatte er gestottert, so groß war seine Erregung. Und mit Erstaunen sah Boone, was er noch nie gesehen hatte: dieser berühmte Krieger zitterte vor innerer Bewegung — seine Lippen zitterten, die Hand zitterte, und auch die Schultern schüttelte es.

Tecumseh riß sich jetzt mit gewaltsamer Anstrengung zusammen. Und plötzlich sprach er, obwohl immer noch mit dunkler Stimme, frei und sicher, und sein Gesicht leuchtete auf.

»Die Lange Büchse hat meine Ehre gerettet. Du hast mit dem Sohn des Miquon gesprochen, ich weiß es, und du hast ihm gesagt, er möge uns die Felle zurückgeben. Er hat dir gehorcht. Der Fliegende Pfeil ist ein Pfeil ohne Bogen und ohne Sehne hier in dem Dorf der weißen Leute. Dort hinter dem Fluß, in den Wäldern des roten Volkes bin ich Häuptling. Der Fliegende Pfeil vergißt nicht.«

Boone wollte sagen, daß der Dank Jean Martin zu gelten habe, aber der Shawano ließ ihn nicht zu Worte kommen. Er legte die Hand wie vorhin flach an seine Stirn, dann wandte er sich von dem Lederstrumpf ab und dem Quäker zu und sagte gelassen und freundlich, fast etwas von oben herab:

»Mein Bruder, Tecumseh freut sich, einen guten Mann zu sehen. In den Dörfern der Shawanos sind die Lügner verachtet, und die Betrüger werden bestraft.

Du bist willkommen in Chillicothe und in allen Orten meines Volkes, wann du auch kommst. Denn du wirst auf dem reinen Pfade kommen. Tecumseh bittet dich, als Geschenk anzunehmen, was er selbst erlegt hat. Die Beute des Stammes gehört mir nicht.«

Wieder wollte Boone etwas einwerfenund den Irrtum aufklären, aber er kam nicht dazu. Jean Martin, der als einziger von den Weißen richtig verstehen konnte, was in dem Indianer vorging, dem so plötzlich Leben, Ehre, Ansehen wiedergegeben worden war, sagte mit rauher, be-

engter Stimme, und dabei faßte er sich mit der rechten Hand an den Hals, als ob ihm der Kragen zu eng geworden sei:
»Kommt mit mir, Old Danny, venez, mon vieux. Mögen sie 'andeln allein um ihre Felle!«
Er faßte den Freund am Arm, zog ihn rasch zur Hütte hinaus und fing an, die weite Reise nach Kentucky mit ihm zu besprechen.

# *Die geraubten Mädchen*

»Danny, Danny help – oh, oooh – Hilfe, Mann. Die Kinder, help, for God's sake, Indianer ...«
Daniel Boone schauerte zusammen und lauschte. Die gellenden Rufe kamen vom Tore her. Sein Gesicht wurde bleich, er konnte sich nicht erheben, es war ihm, als werde sein ganzer Körper weich und schlaff, wie damals bei Stewart, seinem Schwager, der an einem Herzschuß in seinen Armen gestorben war ...
»Hilfe, Danny, ooh, Betsy, mein Kind ...«
Das war doch nicht die Stimme der Frau, die klare, ruhige, tiefe Stimme seiner Frau – dieses helle, hohe, schluchzende, heisere Kreischen ... ?
Betsy? Seine Tochter? Er riß den Pulverbeutel schon im Laufen von der Wand, mit bloßem Kopfe stürzte er ins Freie, er hatte sein Gewehr in der Hand und wußte nicht, wie es ihm in die Finger gekommen war, er rannte an schreienden Frauen vorüber, drüben kam Thornton aus seiner Hütte gestürzt, sein alter Vater hinter ihm, Boone lief an einem Holzblock vorbei, in dem die große Axt steckte, riß sie mit einem Ruck aus dem Baumstumpf und lief weiter zum Tor. Da sah er die Frau stehen, beide Hände an ihr Herz gepreßt, mit offenem Munde und tränenden Augen und sie blickte nach dem Fluß hinüber.
Gerade konnte er sie noch sehen, er zählte rasend schnell: vier, fünf, sechs Indianer trugen zwei Mädchen davon, die sich schreiend wehrten und um sich schlugen, nun sprangen die Roten das steile Flußufer hinunter. Noch ein gellender, doppelter Hilferuf und sie waren verschwunden. Mitten im hellen Sonnenlicht, mitten in der friedlichen Stille des Sommertages, vor den Palisaden der Siedlung ...

Boone hatte die Büchse an die Schulter geworfen, aber sie gleich wieder abgesetzt. Es war viel zu weit. Aber da waren schon zwanzig Männer um ihn. Er wandte sich an Thorntons alter Vater. »Schickt in die Felder nach den anderen. Bewacht das Tor. Gebt Signalschüsse ab. Alle Frauen an die Luken, die Jungens sollen das Vieh hereintreiben!«

Die Worte machten ihn ruhig, er war wieder Old Danny, der Lederstrumpf. »Thornton, Ihr lauft an die Furt, nehmt zehn Mann mit, vorwärts, schnell! Die anderen mit mir!« Und schon liefen sie fächerförmig auseinander gegen den Fluß, indes der alte Thornton am Tor blieb und von dort aus seine Befehle gab, indes die Frauen die Häuser und die Magazine an den vier Ecken besetzten und die zwölf- und vierzehnjährigen Knaben zu Pferde und zu Fuß zu dem Vieh stoben, das draußen in der Rodung weidete. Da brauste schon die erste Rinderherde heran, zwei Hirten peitschenknallend, rufend, schreiend hinterher. Die Tiere schwenkten durch das Tor und in die gewohnte Umzäunung hinein, und bald war in den drei Abteilungen auf dem Hof ein gewaltiges Gewühl, die Rinder schnaubten und stampften, die Schafe blökten ängstlich, während die brüllenden Stimmen der Hengste und Stiere aus dem nördlichen Stall zornig Freiheit verlangten.

Alle Männer waren von den Feldern hereingekommen; aus den Magazinen an den Ecken, die gleichzeitig Wachtürme waren, schauten harte, scharfspähende Augen zu den Luken hinaus, nach bemalten Köpfen und nach dem Blitzen von Pfeilspitzen und Gewehrläufen. Aber es ließ sich nichts erblicken, und auch auf der Seite, die dem Kentucky zu lag, waren nur noch Posten zu sehen, die von den Abteilungen Boones und Thorntons am oberen Steilhang des Ufers zurückgelassen worden waren. Die beiden Männer spähten angestrengt in die Tiefe hinunter, in der ihre Kameraden nach Spuren der Mädchenräuber suchten.

Auf einmal erscholl ein Schrei, noch einer, der Posten ganz links hatte beide Hände vor den Mund gelegt und gerufen, nun zeigte er aufgeregt flußabwärts und schrie immer wieder in das Tal hinab, dann riß er seine Büchse an die Wange, zielte lange, setzte ab, zielte noch einmal und schoß. Der zweite Posten rannte in langen Sprüngen zu ihm hin. Er ließ sich zeigen, was der erste gesehen hatte, auch er legte das Gewehr an, aber dann setzte er ab, ohne zu schießen, und sprang in die Tiefe. Sein Kamerad hinterdrein. Das hohle Echo eines zweiten Schusses klang aus dem Flußtal dumpf bis zu den lauernden Männern und Frauen an den Luken der Siedlung, dann war es den Horchenden zuweilen, als hörten sie Stimmen – aber das mußte ein Irrtum sein. Es war zu weit bis zum Flusse, der Wind wehte in anderer Richtung, und außerdem waren die Tiere im Hof zu unruhig.
Aber das Tor blieb geschlossen, und die Wachen an den Fensterluken erlahmten nicht in ihrer Aufmerksamkeit, auch nachdem der »junge Thornton« (er war fünfzig Jahre alt und hieß doch nie anders als der junge Thornton) mit seinen Begleitern längst zurückgekehrt war.
Boone hatte Thornton weit nach rechts an die Furt geschickt, er selbst war nach links, nach Westen gelaufen, um weiter abwärts an den Fluß zu kommen. Es war wahrscheinlich, daß die Roten flußabwärts fliehen wollten. Der Kentucky machte hier eine Biegung, und die wollte Boone abschneiden. Wenn aber mehr Indianer als nur sechs von vorhin da waren, so konnte nur eine von beiden Abteilungen in das Feuer der Feinde laufen. So lang war die Front der Roten auf keinen Fall, daß beide Abteilungen in Gefahr kamen.
Boones Begleiter liefen rechts und links neben ihm, so wie sie aus den Blockhäusern gestürzt waren, zwei Mann ohne Gewehr, was sie fluchend erst jetzt feststellten. Aber keiner dachte daran, zurückzubleiben. Die Mädchen im Stich lassen? In den Händen der Indianer? Wenn sie auch alle Augenblicke einen Kugelschauer

vom Fluß her erwarteten – deshalb die Kinder aufgeben?

Ja, es gab für die Roten drei Möglichkeiten: entweder durch die Furt auf das andere Ufer und zu Fuß weiter, oder flußabwärts mit Kanus. Und drittens konnte der Mädchenraub eine Falle sein. Vielleicht lauerten drei–, vierhundert Indianer am Steilhang des Kentucky...

Aber alle drei Möglichkeiten hatte der Lederstrumpf bedacht. Die ganze Siedlung wußte, wie er an der blonden Betsy hing. Hatte er deshalb den Kopf verloren? Nein, noch in der furchtbaren Erregung hatte er blitzschnell, aus hundertfacher Erfahrung heraus ohne Zögern das Richtige angeordnet.

Ah, da waren sie am Ufer. Da unten, eingezwängt in die Steilhänge, rauschte der Strom; ein Blick den Fluß hinauf – nichts; schon besorgter den Fluß hinab – auch nichts, kein Kanu, keine Schwimmer im Wasser. Nicht die Spur, nicht die Bohne von den Roten ...

»Calloway, Ihr bleibt hier oben und achtet auf das Ufer, auf uns und auf die Siedlung«, rief Boone und sprang schon den Abhang hinunter. Die anderen ihm nach. Was galt hier leise Vorsicht und langsames Anschleichen! Erst einmal hinunter an das Wasser, ohne Rücksicht auf Gepolter, auf blaue Flecke, zerschundene Knie und blutende Hände, hinunter an den Fluß – so schnell wie möglich, dann konnten die Indianer auf dem Strom nicht mehr vorbei!

Steine rollten, das Gebüsch krachte, Floyd, der wilde Tom Floyd, warf sich über einen Abhang mit gewaltigem Sprung an den Ast einer Weide, er faßte ihn, der Ast gab nach, krachte, brach, aber Floyd war schon wieder abgesprungen und polterte das Ufer hinab wie ein Büffel. George O'Hara, der verrückte Ire, hatte sich auf den Hosenboden gesetzt, einen armdicken, toten Baumstamm ergriffen, rodelte, rasselte und rutschte staubumwölkt mit gellendem Hallo die steilste Stelle hinab und platschte kopfüber in den Fluß.

Boone hatte sich ins Wasser gestürzt, aber er tauchte leise wieder auf und spähte den Fluß hinab. Zunächst sah er nichts, triefend hingen ihm die langen Haare in das Gesicht, er hatte die Augen voll Wasser und mußte sie erst ein paarmal öffnen und schließen, bevor der Schleier vor den Blicken schwand. Dann aber wanderten sie die Ufer ab, erst das jenseitige, dann das andere. Er spähte wassertretend, aber ohne Erfolg. Gerade wollte er ans Ufer zurück und sich nach seinem Schießprügel umsehen, als ihm schien, weiter abwärts am Ufer sei eine Bewegung gewesen... war das nicht... dort im Schatten... dicht unter dem Ufer, unter den herabhängenden Zweigen... etwas Weißes... ah, wie gut, daß Betsy ein helles Kleid trug... Die anderen konnten es vom Ufer aus nicht sehen, aber er hier im Fluß! Er spähte noch einmal hin... jawohl, zwei Kanus waren das, sie flohen am diesseitigen Ufer im Schutze des Gebüsches hinab, schlaue Hunde, da waren sie vom Lande aus nicht zu erblicken...
Da schrie Richard Calloway schon von oben:
»Halt, hallo, halt, ihr Halunken, da sind sie, hinterher, auf dem Fluß, Boote, holt Boote, hinterher!«
Boone schaute finster nach oben: warum solch ein Geschrei? Freilich, Calloway war ungeduldig: seine Tochter war's, die dort mit Betsy Boone den Fluß hinabgerudert wurde. Aber dann verlor Old Danny keine Zeit, er lief zur Stelle, wo das nächste Boot lag. Da aber rief Tom Floyd schon von dort her: »Dies hier haben sie... hier ist ein Loch im Kanu.« Oben krachte ein Schuß, dann schrie O'Hara: »Hier auch, in diesem auch. Sie haben vorher die Boote beschädigt!« Boone rief: »Kommt, O'Hara, Floyd, kommt mit, ich weiß ein Versteck.«
Sie müssen flußaufwärts rennen, von den Indianern fortlaufen, die dort den Fluß hinabrudern. Es hilft nichts. Sie laufen, stürzen, rennen. Boone steht vor einem Gebüsch: »Hier hinein, Tommy Floyd, dies werden sie nicht gefunden haben. Es führt keine einzige Spur hinein!« Er dringt durch das Gezweig auf die Felsenwand zu, Thomas Floyd

stutzt keinen Augenblick, Boone wird wissen, was er tut – ja, da ist eine Höhle, da liegt ein Rindenkanu, gut für fünf, sechs Mann. Floyd macht große Augen, er kennt das Versteck nicht und ist doch seit der Gründung von Boonesburg in der Siedlung. Auch O'Hara ist erstaunt: solch ein alter Fuchs ist dieser Danny Boone! Keiner Menschenseele etwas von dieser Höhle zu erzählen! Sie fassen an, draußen kracht ein zweiter Schuß, Boone, dem das Herz um seine Tochter brennt, sagt:

»Vorsicht, Mann, langsam, nicht zu hart anfassen.«

Schnell ist ein Leck in der Birkenrinde, Boone weiß das, er wird schon achtgeben, aber Floyd könnte zu stürmisch sein. Und dann fügt er noch hinzu:

»Es war für die Not bestimmt. Ich selbst bin nie hierher gegangen, damit keine Spur in das Versteck führte. Nicht einmal Jean Martin weiß von diesem Boot...«

Behutsam tragen sie das leichte Boot, andere bringen schon die Paddel aus der Höhle, dann ist auch Thornton da, in zwei Booten kommt er mit seinen Leuten den Fluß herab, sie liegen beide so merkwürdig tief auf der Oberfläche, sie legen an, beide Kanus sind voll Wasser.

»Sie haben alle Boote leck gemacht«, keucht er.

»So fahr ich allein mit diesem hier. Floyd, Calloway, Jean Martin – kommt mit. Die anderen zurück zur Siedlung. Wer weiß, vielleicht seid ihr alle dort nötig. Vorsicht, Thornton!«

Sie steigen ein. Schon sind sie in der Strömung, die drei, die Boone vorhin genannt hatte, und noch zwei andere. Fünf von ihnen rudern, der sechste kniet vorn, er prüft die Ladung seiner Büchse, schüttet trockenes Pulver auf die Pfanne – Jean Martin, ein Schütze, der selbst Boone gelegentlich übertrifft. Aber dann legt er das Gewehr beiseite und späht die Flußufer ab. Wo werden die Roten landen? Oder sind sie schon irgendwo gelandet? Nur diese Stelle nicht verfehlen!

»Danny, mon ami, nehmt Ihr das linke Ufer«, sagt der Franzose ruhig, als gelte die Jagd einer aus der Herde ausgerissenen, zahmen Kuh. Nur daß er fast fehlerfrei spricht, zeigt, wie scharf alle seine Sinne arbeiten.

»Es ist gut, Jean. Ihr habt die besseren Augen. Schaut gut, Jean!«

Die kurzen Worte klingen flehend. Es fällt Boone schwer, das unwichtigere, das linke Ufer zu beobachten. Denn die Roten müssen heraus aus Kentucky, wenn sie fliehen; sie werden sicher rechts anlegen. Die beiden Schüsse haben sie aufgejagt, sie werden nicht wagen, sich noch einmal zu verstecken, sie wissen, daß die Verfolger mit heißem Blut hinter ihnen her sind.

Aber Boone ordnet sich unter. Er weiß: in diesen Künsten, im Fährtensuchen und im Spurenfinden ist Jean Martin der Meister. Und wenn auch der Kopf immer wieder sich nach rechts drehen will, Boone zwingt sich und beobachtet das linke Ufer.

So gleiten sie rasch den Fluß hinab; rasch, und doch nicht so schnell, wie sie es könnten. Wenn die Roten anlegen wollen, heißt es für die Verfolger langsam fahren, damit sie die Landungsstelle nicht verfehlen. Wenn die Indianer aber zu Wasser fliehen wollen, müßten die Weißen so schnell wie möglich hinterher. Ach, ein zweites Boot wäre jetzt gut, damit man sich teilen könnte. Was ist richtig: langsam rudern oder schnell?

Jean Martin hat keinen Blick für die Schönheit der Ufer, für die anmutigen Erlenhaine, für die silbern und zartgrün in die strömende Flut hinabtauchenden Weidenzweige, für die stillen Buchten, für die farbenfroh bis in das Wasser herabragenden Felsenwände mit ihren weißen, gelben, roten und grauen, auf und ab laufenden Bändern der Erdschichten, die der Einbruch des Flusses in die Erde hier überall freigelegt hat. Er sieht den stattlichen Hirsch nicht, der drüben in Büchsenschußweite steht und erschrocken vom Ufer herüberschaut, bevor er mit kurzer Wendung den steilen Hang hinauf ins Gebüsch flieht.

Jean Martin prüft nur die Kante des Ufers, die zwei Fuß

oberhalb der Wassergrenze. Scharf blickt er über jeden Wiesenrand, ob nicht im grünen Gras ein dunkleres Band zu sehen ist, ein Streifen niedergetretener Halme. Schärfer noch umfaßt sein Blick die da und dort ins Wasser ragenden Felsblöcke – ist nicht ein Fuß auf ihnen abgeglitten, der ein Stück Moos mitnahm? Blinkt es dort nicht weiß, naßglänzend. Ja, ja, er hat's!

»Halte — là, den Felsen dort fahrt an!«

Die Köpfe heben sich, scharf ist die Wendung des Kanus. Der Franzose lächelt befriedigt, aber wie sie näher kommen, stutzt er, gar zu deutlich ist die Fährte. Er steht auf im schwankenden Boot, hält mit der Linken das Kanu vom Felsen ab, schaut hinauf.

»Oh-là-là ... schlau, schlau ... schlau 'unde ... niekt schlau genug pour le fils de mon père ...«

Er sieht, da er steht, von oben auf den flachen Felsen, an dem sie halten, er sieht auf dem moosbewachsenen Stein viele Fährten, nicht sehr deutlich und doch zu deutlich für fliehende Indianer. Die Spuren führen in das Gebüsch – soll er aussteigen, untersuchen? Spähend schweift sein Blick, und dann sieht er, was er geahnt hat: sehr undeutlich im Moos, viel undeutlicher als die anderen Spuren, den Abdruck von zwei Mokassins am Rande des Felsens. Aber die Fußspitzen sind *dem Wasser zugekehrt!*

Er sieht noch genauer hin. Die Männer im Boot, selbst Boone, dem das Herz schlagen mag, warten voller atemloser Spannung, aber lautlos. Sie spähen das Ufer ab, gar zu sichtbar sitzen sie hier als Schießscheibe vor dem hellen Hintergrund des Wassers ...

Nun ist Jean Martin sich klar geworden: was er eben sah, das sind nicht zwei Fußstapfen, das sind die Spuren von drei Füßen!

»Gar zu vorsichtig ist unvorsichtig«, murmelte er auf französisch. »Warum mußte der Zweite in die Fußstapfen des Ersten treten wollen? Dadurch hatte er die Spuren des Ersten noch tiefer in das Moos gedrückt. Wäre er vorsichtig neben die Stapfen seines Kameraden getreten, so wären beide Spuren leicht gewesen, so leicht, daß ich sie vielleicht gar nicht bemerkt hätte. Mit dem linken Fuß trat er ja doch daneben . . .«

Der Coureur, listenreicher Meister der Tier– und Menschenjagd, braucht sich nur zu fragen, was er an Stelle der Indianer getan hätte. Er antwortete sich sogleich: »Dasselbe, aber besser. Nicht ganz so deutlich die Scheinlandung, nicht ganz so deutlich die Spuren auf dem Felsen – und völlig unsichtbar die Stelle, von der aus der Sprung zurück in den Fluß geschah!«

Er sieht, um sich zu überzeugen, unter sich in das Wasser: Ja, der Fluß ist hier tief genug für einen Absprung vom Felsen in die Strömung . . .

Ein Stoß, und das Boot gleitet zurück.

»Es ist gewessen eine List . . . zwei sind gestiegen aus die Kanu zu machen Spuren . . . Dann sind sie gesprungen zurück in die Fluß. Allons, 'urtig weiter.«

Schon sind sie wieder mitten im Fluß, scharf wie zuvor prüft der Coureur Rasenflecke, Felsblöcke, weniger scharf gleitet sein Blick über die seltenen sandigen Stellen am Ufer.

So geht es weiter, sie fahren schon wieder eine Viertelstunde, in allen bebt die Frage, war es richtig, daß wir weiterfuhren? Calloway vor allem treibt die Wut, Angst um sein Kind, Ungeduld zu immer rascheren Ruderschlägen. Und dann wieder hält er erschrocken an: »Nur nicht zu schnell fahren, vielleicht sind wir gerade an der richtigen Stelle vorbei . . .« Und aufgeregt mustert sein Auge die vorübergleitenden Ufer . . .

Daniel Boone ist blaß. Er bewegt das Paddel mit gleichmäßiger, gewaltsam gebändigter Kraft. Seine Augen sind halb geschlossen, um den schräg einfallenden Sonnenstrahlen zu begegnen. Der helle Glanz in ihnen ist erloschen, sie blicken scharf und kalt wie die eines Luchses. Kein Fleckchen Erde am linken Ufer entgeht ihm. Doch auch in Daniel Boone wühlt die Frage, ob der Coureur vorhin alles richtig bedacht hat, ob die kurze Spanne Zeit wirklich ausgereicht hat zu genauer Beobachtung, zu richtiger Überlegung.

Selbst Jean Martin zweifelt. Hätte er nicht doch wenigstens aussteigen sollen?

Es geht um Menschenleben, nicht um Pfadfindereitelkeiten ...

Da fällt er plötzlich im Boot zurück.

»'alt — là«, flüsterte er leise, aufgeregt, »zurick, ein paar Schläge, allez, allez, noch einmal ... da, da! Da obän ... eine Kanu ... wir 'aben sie ... fahrt an Land ...«

Aufgeregt ein paar Ruderschläge durcheinander, da kommandiert leise schon Daniel Boone »Eins ... zwei ... eins ... zwei ...« — schon sind sie wieder im Takt, schon knirscht der Kiel auf einem Sandplatz.

Jean Martin blickt nur flüchtig auf den weißen Kies, springt mit großem Satz zur Seite — nur für alle Fälle, um nichts zu verwischen — und läuft den Abhang hinauf. Die anderen springen in ein Weidengebüsch, um gegen Sicht gedeckt zu sein, ziehen das Kanu nach, Boone starrt von dort aus auf das sandige Ufer, erkennt zuerst nichts, der Sand ist völlig trocken überall.

Aber dann sieht er doch da und dort kaum erkennbare Streifen, direkt am Wasser auch die Spur eines Absatzes ... hier sind sie gelandet, haben die Spuren wieder ausgelöscht. Das war nicht schwer, bis einen halben Fuß unter der Erdoberfläche ist der Sand hier knochentrocken, weißglänzend. Die Indianer haben eine Decke mehrfach darüber hin und her gezogen, die tiefsten Spuren mit der Hand zugeworfen, es ist kaum etwas zu erblicken.

Es ist wider die Natur, daß Jean Martin dies vom Flusse aus sah, aus achtzig Yards Entfernung! Was Boone denkt, das spricht O'Hara aus:

»Unmöglich, daß er dies hier vom Wasser aus gesehen hat ...«

»Euer Freund winkt uns«, sagt da Thomas Floyd zu Daniel Boone. Floyd liegt mit Calloway im Anschlag im Gebüsch, um den Franzosen zu decken. Boone sieht auf: ja, da oben steht Jean Martin in voller Größe und winkt. Es ist also keine Gefahr, die Roten müssen schon weit weg sein. Sie ziehen ihr Boot ganz in das Gebüsch, so daß es vom Wasser aus nicht gesehen werden kann, und eilen zu ihm. Erst als sie dicht bei ihm sind, sehen sie die beiden Indianerkanus.

»Es sind Shawanos. Niemals isch 'ätte geseh die Spuren am Sandplatz. Welscher Indianer steigt aus an eine place von sand? Abärr isch 'abe geseh'n diese Kanu ici, ein Stückschen nur. Maintenant wir 'aben ihre Spur, jetzt wir 'aben les deux jeunes filles, die beiden jungen Töschter.«

»Ja, Danny, er hat recht! Und nun macht wieder ein besseres Gesicht! Mit Euch allein würden wir jetzt die Räuber einholen. Und da nun noch Jean Martin dabei ist.« Der lange Floyd war es, der so sprach — teilnahmsvoll, aufmunternd. Er schlug dem Lederstrumpf auf die Schulter.

»Leise, Jungens«, war Boones Antwort. »Ja, auch ich habe jetzt Hoffnung. Gott wird nicht zulassen . . .«, sagte er fast feierlich, brach aber ab, als fürchte er sich davor, seine Gedanken laut werden zu lassen.

Calloway hatte die beiden Boote kaum gesehen, die Worte des Franzosen kaum gehört, da brach die ganze Ungeduld, die bebende Angst um sein Kind und der wahnsinnige Rachedurst, den er bisher unter einer starren Maske gleichgültiger Ruhe zu verbergen getrachtet hatte, mit einem Aufheulen aus ihm heraus, das wie das kurze, bösartige Knurren eines Wolfshundes klang, der sich plötzlich auf den Gegner stürzt. Der große, hagere Mann sah wild um sich, sah die Gesteins- und Geröllhalde, die von der Ebene herab in das Flußtal bis zu dem Platz reichte, auf dem sie standen, und dann ging er mit raschen, großen Schritten den Abhang hinauf. In seinen Augen leuchtete es böse.

Die anderen folgten, nur Boone nicht. Er sah auf Jean Martin, der verblüfft den Davoneilenden nachblickte.

»Eh, là-haut! dites-donc . . . 'eh, ihr da oben . . . sagt mir,

wo ihr geht? Keine Spur ... ici, 'ier, ... bei mir ist die Spur ..."
Die letzten Worte schrie er ihnen nach, denn sie schienen nicht hören zu wollen. Da blieb Floyd stehen, und auch der Ire hielt an. Sie riefen hinter Dick Calloway her, und schließlich hörte auch der. Unwillig drehte er sich um. Was für ein Lärm?! Das Echo ihrer Rufe brach sich an den Felsen. Wollten sie so Indianer fangen? Und wo war denn hier noch ein anderer Weg! Die Roten konnten doch nicht die Felswand hinaufgeflogen sein! Senkrecht, glatt, ohne jeden Absatz fiel die Ufermauer hier in das Tal hinab, nirgends eine Rille, ein Pfad – die Schutthalde war der einzig mögliche Aufstieg für die Indianer – und also auch für Calloway ... Er blickte zornig auf den kleinen Franzosen hinab, der immer noch bei den Booten stand und eifrig winkte. Die anderen kehrten um.
Calloway wollte fluchen, da sah er neben Jean Martin Daniel Boone stehen. Dem war ja auch eine Tochter geraubt worden. Und Old Danny winkte auch? Da mußte er wohl wieder hinunter.
Der Franzose blitzte ihn wütend aus seinen schwarzen Augen an.
»Sind wir Kinder? Wollen fangen Indianer mit die langen Füß? Nisch mit die Kopf? Man muß denken erst, denken, sehen, rieschen ...«
Calloway wollte aufbrausen. Aber seltsam, die schwarzen Augen Jean Martins unter der verbrannten niedrigen Stirn funkelten ihn so an, daß er schwieg. Auch die anderen waren stumm.
»Laufe in die 'öh, simplement in die 'öh, toujours in die 'öh ... immer wo die Nase zeigt – ganz einfach ... Ici, ici ... da ... et là ... et là ... die Spur ... Ihr kennt sehen? Ils sont all'es là-bas – in das Tal ... along the river – den Fluß entlang ... Voilà – durch diese Gebaum man muß gehen ... dann man sieht alles.«
Damit drang er durch ein Gebüsch, hinter dem der Boden senkrecht abzufallen schien, aber als die anderen ihm

folgten, sahen sie, daß es wohl möglich war, dort an der Felswand entlang zu gehen. Es war zuerst sehr unbequem, und sie mußten sich eng an den Steilhang pressen, um nicht abzugleiten, dann aber wurde der Pfad breiter, und schließlich senkte sich die Spur oder wenigstens das, was Jean Martin dafür ausgab, wirklich zum Fluß hinunter, und hier fanden sie die Bestätigung. Drüben auf dem anderen Ufer schoß das Wasser direkt an den Felsen entlang, an der Stelle aber, an der sie jetzt standen, floß der Kentucky in einem weiten Bogen um ein Stück angeschwemmten Landes, auf dem nur einige dürftige Weidenbüsche wuchsen. Ein toter Arm des Flusses zog sich quer durch das Uferschwemmland, und die Indianer, die bisher nur für die scharfen Augen des kleinen Kanadiers eine Fährte hinterließen, hatten das flache Gewässer wohl oder übel durchschreiten müssen. In dem schwammigen Grunde waren die Fußstapfen trotz aller Bemühungen nicht ganz zu verwischen gewesen. Calloway war bisher nur widerstrebend gefolgt, und auch die übrigen hatten ihre Zweifel geäußert. Es war zu natürlich, daß die Indianer mit aller Macht danach streben mußten, auf die Hochebene zu gelangen; dort konnten sie ihre Fährten viel früher viel leichter verwischen als hier.

Der Coureur hatte das Mißtrauen der anderen wohl bemerkt. Darum sagte er jetzt:

»Eh bien ... V'la ... ein Fluß, zwei, drei, quatre, cinq Füße ... Sieh? eine 'albe Stunde ... Ici sie mußten inüber ... sie nischt konnten versteck ihre Spur ...«

Die anderen nickten, auch Calloway sah, daß ihr Führer im Recht war, Daniel Booone aber ging mit verschlossenem, gequältem Gesicht an Jean Martin vorbei. Ihm ging es nicht um die Meisterschaft im Fährtensuchen ... was schwatzten sie und verloren Zeit ... ihm ging es um sein Kind. Herrgott, seine Beß, sein kleines blondes Mädchen in den Händen der Roten ... oh, warum hatte er nicht wenigstens die Nase seines Hundes ... der hätte ... Boone schlug sich vor die Stirn; er blieb erschüttert stehen: sein

Hund! Er hatte den Hund in der Siedlung gelassen, statt ihn mitzunehmen! Der mochte jetzt nach seinem Herrn heulen und jaulen. Er lachte wild. Er, der »unfehlbare«, der »vorsichtige«, der »an alles denkende« Boone ... und läßt den Hund zu Hause ... Aber schon ging er wieder weiter. Was half's! Was blieb übrig, als die Zähne zusammenzubeißen, alle Gedanken zusammenzunehmen und der Spur hier zu folgen ... Beth! Betsy!

Da schlug ihm jemand leicht auf die Schulter. »Guten Mut, Daniel! Wir werden sie finden.« Es war Jean Martin.

Und so hasteten sie weiter hinter dem Coureur her, laufend und springend, wenn der Franzose es tat, ungeduldig wartend, wenn er zögerte, wenn er suchte, wenn er nicht weiterfand. Sie bissen sich die Lippen blutig, sie ballten die Fäuste in ohnmächtiger Wut, sie krallten die Hände um ihre Gewehre, sie halfen auch suchen – aber meistens war es der Kanadier, der das Zeichen zum Aufbruch gab, ein umgewendetes Blatt, eine aus einem Mokassin gefallene Stachelschweinsborste, ein dunkler Streifen im Grase die weitere Richtung zeigten. Mochte von einigen Blättern eines Busches der Staub im Vorbeigehen abgestreift worden sein, mochte ein Hase vor den heranlaufenden Roten wild aus dem Nest geflohen sein und Spuren hinterlassen haben, mochte irgendwo ein Zweig, ein Stein von einem darüberhastenden Fuß tiefer in die Erde gedrückt worden sein – Jean Martin sah es, verglich es, zog seine Schlüsse. Wohl waren sie manchmal gewagt, manchmal allzu kühn, aber er ging nur weiter, wenn die nächste Entdeckung zur vorhergegangenen paßte.

Und einmal ging es fast dreihundert Meter wieder zurück, als ihm etwas auffiel, was nicht stimmen wollte.

Die Dämmerung kam, sie waren den Indianern noch nicht näher. Angstvoller als auf den Boden sahen die Männer nach Osten, von wo die Nacht unaufhaltsam heraufzog. Sollte es den Roten wirklich gelingen? Die Schatten zogen tiefer, in dem hohen Grase wurde es dunkler, längst schon waren sie den Spuren der Roten auf die Hochebene ge-

folgt, stundenweit lag der Kentucky hinter ihnen, sollte all die Mühe vergebens, all die Angst um die geraubten Kinder ohne Ende sein?
Thomas Floyd, O'Hara und auch die anderen sahen immer wieder auf Daniel Boone. Sie hielten sich meistens hinter ihm, um sein Gesicht nicht zu sehen, dieses graue, starre Gesicht, in dem die Augen nur noch zwei schmale Schlitze waren. Selbst Richard Calloway, der doch auch um eine Tochter bangte, bemerkte die stumme Qual in seines Gefährten Gesicht.
Wieder einmal hielt der Coureur plötzlich an. Sie waren an einen schmalen, flachen Wasserlauf gekommen. Jean Martin ließ sich auf die Knie nieder, um besser sehen zu können. Die anderen sahen ihm ängstlich erwartungsvoll zu, sie konnten im Schatten des Gebüsches den gekrümmten Rücken im Dunkel vor sich kaum erkennen ... und der Kanadier wollte Spuren sehen ... jetzt noch, in der Nacht? Er warf sich der Länge nach über den Boden und suchte am Uferrand des Baches, dann sprang er hinüber und spürte drüben. Es dauerte nicht lange, und er kam wieder zurück. Noch einmal versuchte er diesseits sein Glück. Die Spur ging drüben nicht weiter ... Sie waren im Wasser weitergeflohen, aber wer sollte sagen, ob aufwärts oder abwärts? Der alte Trick, immer wieder derselbe alte Trick ... und doch war ihm nichts unangenehmer als gerade dies ... gerade jetzt ... die Nacht war da ... die Spur jetzt weiter zu verfolgen, war unmöglich. Er fluchte vor sich hin.
»Eh bien ... quoi maintenant? 'ier wir müssen schlafen.«
Da sprach zum ersten Male Daniel Boone wieder seit langer Zeit. Seine Stimme klang entschlossen und überlegt. »Ja, wir müssen hier bleiben. Wenn wir weitergehen, so verlieren wir nur die Fährte. Morgen früh ...«

*

Die Nacht war eine bittere Probe auf die Standhaftigkeit eines Mannes- und Vaterherzens. Jean Martin hatte sich auf die Erde gelegt und war innerhalb von Minuten eingeschlafen. Morgen würde er Kraft brauchen. Die anderen waren nicht ganz so gelassen, aber auch sie schliefen ein. Daniel Boone aber wachte die ganze Nacht hindurch. Ein Stern nach dem anderen glühte auf, bald strahlten alle Lichter des Himmels in funkelnder Ruhe auf ihn herab. Er hörte das Gras im Nachtwinde rauschen, er hörte aus einem Busch Vögel im Schlafe rucken und murren, ein Kojote strich herbei und sprang entsetzt zur Seite, als der Wind ihm den Geruch der schlafenden Männer zutrug; dann bellte er noch minutenlang aus sicherer Entfernung. Wieder war die Stille um den einsam wachenden Mann, die blühende Wiese duftete, lautlos schwebte eine Eule herbei, kreiste über dem Lagerplatz und sank wieder in die Nacht.

Am Morgen begann die Jagd von neuem. Jean Martin lief voran. Wenn er einmal unschlüssig war, so lief er auch wie ein Hund im Kreise um die letzte Stelle der Fährte, die noch klar zu erkennen war, und dann dauerte es meistens nicht lange, bis er winkte, ihm zu folgen.

Am Vormittag begann der Himmel sich zu verdunkeln; besorgt sahen die Männer immer wieder nach den schwarz heraufziehenden Wolkenmassen. Ein starker Regenguß konnte alle Spuren verwischen. Der Franzose eilte immer schneller, als wolle er mit dem nahenden Regen um die Wette laufen. Dann fielen die ersten warmen Tropfen, aber es blieb bei ein paar leichten Schauern.

Sie eilten nach Norden, Meilen auf Meilen auf einer Spur, von der die Grenzer immer wieder glaubten, sie bestehe nur in der Einbildung des Coureurs, bis dann plötzlich eine Stelle wieder ganz deutlich erkennen ließ, daß Jean Martin im Recht war. Dann schüttelten die Männer verstört die Köpfe: das grenzte an das Unmögliche, an das Übernatürliche. O'Hara, der etwas beschränkt und zudem abergläubisch war, bekreuzigte sich jedesmal, wenn der

Franzose wieder einmal eine Glanzleistung vollbracht hatte, als wolle er sich damit vor üblen Folgen seiner Teilnahme an einer offenkundigen Zauberei schützen.

Man messe einmal anhand einer Karte nach, was es schon rein körperlich bedeuten wollte, einer Indianerfährte von Kentucky bis etwa zum Licking River zu folgen: nach heutigen Benennungen gut und gern achtzig Kilometer. Kein Getreidefeld, kein Klee- oder Rübenstück, alles wildwachsende Prärie, Gebüsch, Gestrüpp, Haine und einzelne Baumgruppen, dann wieder meilenweite Wälder, in denen üppig, verfilzt, ineinander verwachsen das Unterholz wucherte ... Keine Straße, kein Weg, nicht einmal ein Feldrain ... In Wasserläufen zu waten, bergauf, bergab zu laufen, durch Flüsse schwimmen, stundenlang immer die Augen auf einer Spur, die keine Spur war, denn die Indianer hatten eine ganze Nacht Vorsprung.

Und wer sagte, daß die Roten nicht an einer günstigen Stelle eine Schleife gelaufen, in einiger Entfernung neben ihrer Spur zurückgeeilt waren und nun hinter dem nächstbesten Gebüsch mit geladener Büchse und gespannten Bogen lauerten?

Endlich am Nachmittag ließ sich erkennen, daß die Fährte deutlicher wurde, daß man also den Verfolgten näher gekommen war, und daß die Indianer außerdem mit ihrer Sorgfalt nachließen. Sie glaubten offenbar, sie hätten ihre Verfolger nicht mehr zu fürchten. Oder war es eine Falle? Wollten sie die Weißen sicherer machen?

Der Tag verging, nachmittags hatten die Wolken sich wieder verteilt, und es war sehr heiß geworden. Jetzt aber begann es wieder zu dämmern. Sollten sie wirklich noch eine Nacht versäumen, sollten die Räuber noch einmal Vorsprung gewinnen? Sie konnten höchstens noch eine Viertelstunde vor ihnen sein ... würde es gelingen, sie vor der Dunkelheit einzuholen?

Vorsichtig traten die Männer auf jedem Gebüsch, vorsichtig prüften sie immer wieder das Gelände, so weit sie sehen konnten. Wenn die Roten sie zuerst erblickten, waren die beiden Mädchen verloren. Sie machten ihre Büchsen fertig. Sie huschten in ein dichtes Gehölz hinein, einen Augenblick zögerten die Führer, bevor sie wieder ins Freie liefen, dann eilten sie mit langen Schritten weiter — plötzlich zischte warnend der Coureur und warf sich dicht am Rande des Hains zu Boden, Boone tat wie er, Thomas Floyd, O'Hara und die beiden anderen folgten, schlängelten sich kriechend nach vorn ... Da lag der Licking River von ihnen, in sanftem Bogen zog sich der Fluß um einen niedrigen Hügel, und dort ... dort unter den Bäumen am Abhang — da waren sie, die Indianer und die Mädchen. Die Roten fühlten sich anscheinend sehr sicher, sie waren offenbar dabei, ein Feuer anzuzünden und sich einen Abendbraten zu leisten.

Nun war es soweit. Die zwei Tage lange Jagd ging ihrem Ende zu. Boone hatte sich gleichzeitig mit dem Franzosen in das Gehölz zurückgeschoben, die anderen waren aus dem schützenden Busch überhaupt noch nicht herausgetreten.

Sie lagen nebeneinander, von Laub und Strauchwerk gedeckt, und spähten hinüber. Sie fühlten eine zornige Genugtuung darüber, daß die Indianer dort sich gar so großspurig fast auf dem Gipfel des Hügels niedergelassen hatten. Wahrscheinlich meinten die Roten, von dort oben hätten sie eine bessere Sicht — und sie stellten doch nur sich selbst zur Schau.

Daniel Boone sagte mit entschlossener, fester Stimme: »Es ist meine Tochter dort. Keiner von euch tut etwas, bevor ich es sage. Ich bitte euch, folgt meinen Worten.« Das letzte klang flehend. Der Lederstrumpf kannte seine Leute, Heißsporne, Hitzbolde, die draufgingen wie die Stiere — sie konnten im letzten Augenblick noch alles verderben. Am liebsten wäre er allein mit Jean Martin gegen die Roten vorgeschlichen. Glühendheiß kam es ihm zum Bewußtsein, daß das Leben seines Kindes an einem Faden hing. Wenn die Shawanos ihre Feinde zuerst erblickten — sie würden ihre Messer den Mädchen ins Herz

stoßen, bevor die Grenzer noch die Büchsen heben können.
»Dick Calloway, keine Übereilung. Es geht auch um Eure Franziska. Ihr wißt, wie die Roten sind. Und Tom Floyd – auch Ihr ... ich flehe Euch an. Schießt erst, wenn ich es sage ... Sonst sind wir selbst schuld am Tode der Kinder ...«

Der lange Floyd, der so schnell ein unbedachtes Wort mit der Faust erwiderte, der unter anderen Verhältnissen auch diese Worte schon als Beleidigung aufgefaßt hätte, blickte dem Lederstrumpf in das Gesicht, er sah die Angst in den Augen seines Gefährten, und er sagte mit rauher Stimme:

»Seid unbesorgt, Danny. Ich folge Euch wie ein Lamm.«

Jean Martin hatte inzwischen das Gelände geprüft, und nun sagte er ein paar kurze, leise Worte zu den anderen. Sie huschten nach rechts durch das Gebüsch an den Fluß hinunter.

Boone hatte gezählt, es waren sechs Indianer da oben gewesen, die beiden Mädchen hatten sich frei zwischen ihnen bewegt ...

Schnell und gebückt über eine Lichtung, nun am Ufer entlang, leise, leise ... Da sahen sie die Shawanos dicht vor sich. Zwei von ihnen lachten und stritten sich sorglos, einer schien den Mädchen tröstend zuzureden, die anderen drei knieten um das Feuer. Noch fünfzig Schritte waren die Grenzer entfernt. Das dichte Gebüsch verbag sie, sie liefen geduckt in einer Erdrinne aufwärts, da hielt Jean Martin den langen Floyd zurück. Sie warfen sich hin und ließen die anderen weiterlaufen. Floyd verstand und machte die Büchse schußbereit. Wenn die Shawanos die anderen vorzeitig bemerkten, wollten sie schießen und dann über sie herfallen.

Boone wollte von oben über sie kommen. Aber dazu mußte er den Hügel umkreisen, ehe er den jenseitigen Hang hinaufsteigen konnte. Es war eine verwegene Tat, fast unter den Augen der Indianer. Nur gut, daß die Bäume im Tal dichte Kronen hatten ...

Der Coureur lag mit bewegtem Gesicht hinter einem niedrigen Busch. Er biß auf seinem Schnurrbart herum ... ihm war nicht wohl. Ganz Kentucky kannte ihn als Indianerfreund ... Aber ehe er die Mädchen abschlachten ließ ... Wenn die Roten vorzeitig merkten ... seine Kugel war sicherer Tod ... Er sah finster und böse aus ...
Da krachten vier Schüsse. Es klang fast wie ein einziger Knall. Zwei Indianer stürzten aufschreiend zusammen, ein dritter taumelte, die am Feuer fuhren hoch, starrten um sich, da schoß auch Floyd, Boone rannte mit Calloway, O'Hara, Bowman den Hang herab, Floyd stürzte vor – nur der Coureur blieb liegen. Ruhig beobachtete er die unverletzten Indianer; sein Auge glitt den Lauf seiner Büchse entlang ... Der Rote, der sich auf eines der Mädchen stürzte, wäre ein toter Mann gewesen. Aber da flohen die drei Unverletzten davon, den Abhang hinunter, dem Flusse zu. Floyd hatte nicht getroffen. Daniel Boone hielt mit Tränen in den Augen seine Tochter im Arm, Calloway aber schlug in hemmungsloser Wut mit dem Kolben dem einen Indianer, der nur verwundet war, den Schädel ein. Franziska Calloway warf sich ihrem Vater um den Hals, der in einem Arm sie und im anderen die blutbeschmierte Büchse hielt. Floyd und O'Hara stürzten sich über die beiden Toten und begannen, ihnen den Skalp abzuziehen. Bowman, der ein Deutscher war und eigentlich Baumann hieß, schoß hinter den fliehenden Indianern her, ohne sie zu treffen. Der kleine Coureur, der herbeigekommen war, stand stumm dabei, auf seine Büchse gelehnt. In seinem listigen, braunen Gesicht arbeitete es von unterdrückter Erregung. Er wandte sich ab und schlug ein Kreuz.

So war das Leben der Grenzer in Kentucky: ganz auf sich gestellt in der ungeheuren Weite des Landes, abgeschnitten von den Oststaaten durch den riesigen, von Urwald bedeckten Wall des Alleghany-Gebirges, der nächste größere Ort, Fort Pitt, mehr als dreihundert Meilen entfernt ...

Boonesburg, Harrodsburg, Logans Station – das waren die einzigen, winzigen Siedlungen in einem Gebiet so groß wie ganz Süddeutschland – und jede war von der anderen durch zwei Tagesreisen getrennt ...

So waren das Leben der Grenzer: wilde Augen im Gebüsch, bemalte Gesichter hinterm Baum, zischende Pfeile, gellendes whoo – whoop, wie ein Wirbelwind brechen zehn, fünfzehn Rote hervor, zwei, drei Männer tot oder verwundet – und verschwunden ist der Spuk. Oder plötzlich ein Hilfeschrei vom Flusse her, Gestalten im Ufergebüsch, spielende Kinder, Mädchen werden davongeschleppt ... mühsame Verfolgung, nicht immer war sie so glücklich wie damals, als Daniel Boone den Räubern seiner Tochter nacheilte ...

Die Indianer, maßlos gereizt durch den Einbruch der Weißen in ihre Heimat, mehr noch durch die brutalen Wildschlächtereien und durch die zahllosen Morde an Stammesgenossen, griffen zu der Waffe, zu jeder Vergeltung ... sie entführten Kinder, schlugen Frauen am Herde der einsamen Blockhütten nieder, die da und dort im Lande standen, schossen die Männer vor der Schwelle ihres Hauses über den Haufen, wenn sie mit Wild beladen von der Jagd heimkehrten ...

Und dann wieder heulten zwei-, dreihundert rote Krieger, erbittert, blut- und skalplüstern um die Palisaden einer Siedlung, tagelang zischten die befiederten Pfeile über die Pfähle herein, flogen Brandgeschosse auf die Holzdächer, und in den Nächten leuchteten in schußsicherer Entfernung die Wachtfeuer am Waldrande, dann dröhnten die Baumtrommeln, die Zauberrasseln schwirrten, tanzende, wilde Gestalten im Flammenschein ...

Und plötzlich war alles wieder still, verweht der Spuk, dünne Rauchsäulen aus der Asche der Lagerfeuer, zertretene Maisfelder, getötete Rinder, Schafe und Ziegen überall ...

Oder die Grenzer rotteten sich zusammen, ließen nur gerade so viele Männer zu Haus, daß ein paar Flintenläufe aus den Schießluken hervorsehen konnten, der Rest aber, alles, was ein Gewehr tragen konnte, ritt nach Norden über den Ohio. Sie fielen in das Indianerland ein, überraschten ein Dorf, schossen nieder, erschlugen, skalpierten, was nicht fliehen konnte – und dann so schnell wie möglich wieder zurück ... wer weiß, was inzwischen daheim geschehen war.

Doch während das alles geschah, saß der junge Tecumseh in seiner Erdhütte am Scioto und brütete über einen Plan, diesem sinn- und erfolglosen Kleinkrieg ein Ende zu bereiten und sein Volk zu einem letzten, großen, einmütigen Angriff aufzurufen, der alle weißen Eindringlinge hinausjagen sollte.

## *Kampf mit einem Phantom*

Seit drei Tagen und zwei Nächten donnerte es aus den schwarz herabhängenden Wolken auf die Erde herunter, der Hirschweg zwischen den beiden Hügeln war ein prasselnder Wassersturz, die Flut hatte Sträucher, Büsche, sogar ganze Rasenstücke aus der Erde herausgerissen und in den Fluß hinabgeschwemmt, der – doppelt so breit wie gewöhnlich – in geschäftiger Eile zwischen seinen Ufern dahinströmte und Blätter und Baumstämme mit sich fortführte. Da schnitten schräg über die waldigen Kuppen des Hanges plötzlich die Strahlen der schon weit im Westen stehenden Sonne in den Regen hinein, der wie eine blaue Mauer über der Erde stand.

Die Sonne schaffte sich Raum, ein zartgrüner Streifen klaren Himmels war zu sehen, auch im Osten schoben sich die Wolken ineinander und übereinander, nun schimmerte der späte Tag in stählerner Bläue als breites Band über dem Walde, und mit einem Schlage ließ der Wolkenbruch nach. Nur auf dem breit ausgetretenen Hirschweg tobte die Flut noch einige Zeit, und eine dürre Weide, die eben noch fest im Erdreich gestanden hatte, erzitterte, drehte sich urplötzlich um sich selbst, neigte sich und schwamm, wie von einer Riesenfaust aus ihrem Wurzelboden gerissen, mit dem Sturzbach den Abhang hinunter.

Der Himmel war eine strahlend blaue Glocke geworden, unter der neue Geräusche zu tönen begannen; nur weit im Süden grollte es noch dumpf vom Gewitter. Der einsetzende Westwind kämmte die Regentropfen vom Grase, die Blätter schwenkten sich in zitternem Spiel schon von der feuchten Last frei, und ein alter Ast an der großen Schwarzeiche unten dicht am Flußufer, den der Wolkenbruch fast herabgeschlagen hatte, schwang knarrend und ächzend, aber lebensfroh im Winde hin und her. Er hatte es noch einmal gut überstanden.

Durch die hohen Halme des mannshohen Blaugrases am Südufer schob sich eine kleine Gestalt. Es war nicht zu erkennen, ob es ein Tier war oder ein Mensch, das Blaugras verbarg es dem Blick. Geschickt wußte das herannahende Wesen die Deckung zu nutzen, die das Gras ihm bot. Nun stand die Gestalt still im bläulich gereiften Gewirr der starren und flüsternden Halme, der Schrei eines Kriegsadlers tönte aus dem Blau des Himmels, ein anderer antwortete heiser und mißtönend, dann wehten die beiden Vögel, Männchen und Weibchen, wie große schwarzbraune Blätter im Winde dicht über den Fluß hin, hoben sich mit einem Flügelschlag und kreisten in den Waldschatten hinüber — verschwunden. Das Blaugras erschauerte unter einem Windhauch, wie eine Meereswoge rauschte das Feld auf, beugte sich, erhob sich wieder, und schon war die Bewegung weitergewandert, die Oberfläche des strömenden Flusses kräuselte sich, nun beugten sich die Halme auf dem Nordufer, und als sie ihre Ähren wieder erhoben, standen sie höher als zuvor. Der Windstoß hatte sie von manchen Regentropfen befreit.

Plötzlich rauschte es im Blaugras, in wenigen Sätzen brach es aus dem Versteck, ein junger Hirsch stand einige Augenblicke äugend im Freien über dem Fluß, dann floh er zum Wasser hinunter. Noch einmal prüfte er, wie schon vorher, mit feuchter Nase schnuppernd den Wind; er schüttelte sich, daß die Tropfen nur so aus dem Felle flogen, machte noch ein paar Schritte in die Flut und beugte den Kopf hinab, um zu trinken.

Der Wind trug den Geruch des Tieres mit sich fort, und er traf die Nase eines riesigen alten Wolfes, der den Hirschweg herabgetrottet kam; er sank wie ein Schatten lautlos zu Boden. Sein Fell war fast so gelb wie der Lehm, auf dem er lag; es war nur über den Rücken hinweg und an den Läufen von der schwarzgrauen Farbe, die Wölfen sonst eigen ist.

Seine Nase hatte ihm kaum das Wild gemeldet, als er es auch schon erspäht hatte. Er schnellte mit langem Satz an die diesseitige Wand des Hirschweges, die ihn vor dem Hirsch verbarg, und dann lief er geräuschlos bis zu der gestürzten Weide. Argwöhnisch beschnüffelte er den Stamm. Der hatte doch bisher nicht hier gelegen ... Die Welt war verändert ... Da traf ihn wieder ein verführerischer Lufthauch, er zuckte zusammen, zog den Kopf ein und trottete eilig weiter bis zu der Stelle, wo der Hang und damit seine Deckung aufhörte. Einige Meter vor ihm lag, halb im Lehm vergraben, ein dichtbelaubter, großer Ast des Zuckerahorns, vielleicht von einem Blitz irgendwo oben auf der Ebene abgesplittert und von der Flut hierhergeschwemmt. Hinter seinem zerrissenen Laub kauerte der Wolf nieder. Seine Nase sog den Duft der Beute ein ... Der junge Hirsch stand immer noch ahnungslos mit den Vorderfüßen im Wasser, nun senkte er erneut den Kopf hinab. Der gelbe Wolf schnellte mit keuchendem Aufjaulen vorwärts, der Hirsch schrak entsetzt auf, knickte in die Knie, dann wandte er sich zur Flucht. Dann flog das gelbgraue, riesige Geschoß durch die Luft heran, dem Wild an die Kehle. Die Kiefer des Wolfes schnappten zu. Wie ein Bach brach das Blut aus der Schlagader am Halse, mit grellem Aufkreischen wehrte sich das überfallene, junge Tier, es stemmte alle vier Beine wie Stöcke steif gegen den Boden, noch einmal riß der Gelbe, seine Kiefer schlossen sich fast über dem Genick des Wildes, ein Knochen knackte und brach, dann schleppte der Wolf seine Beute an das Ufer.

Da flog ein zweiter gelber Schatten den Abhang herab; die Tiere hatten während der drei Tage, in denen der Wolkenbruch getobt hatte, in ihren Verstecken und Höhlen, unter dichten Bäume tief im Walde gelegen, nun trieb sie der Durst und der sinkende Tag zur Tränke. Sie waren verwöhnt, Büffel, Elche und Hirsche, Wölfe und Füchse. Das fade Regenwasser genügte nicht, es mußte die salzhaltige Lecke am Licking River sein. Und so kamen sie

jetzt wieder, einer nach dem anderen. Wenige hundert Meter weiter unten dröhnte eine Bisonherde dumpf brüllend an den Strom heran – und hier setzte in leichten Sprüngen der Silberlöwe herunter, der gelbe Puma, der Berglöwe, wie ihn die Grenzer damals nannten.
Er hatte die letzten Tage in einer Felsenhöhle zugebracht, er war durstig, hungrig und angriffslustig. Als er den Wolf über seiner Beute sah, schlich er langsam näher. Der lange Schwanz schwang hin und her, hinüber, herüber, sein Körper bog sich wie eine dünne Weide im Sturm, die Augen waren glühende Schlitze. Er trat mit der linken Vorderpfote in eine Wasserlache, so sehr gierte alles in ihm nach dem Blute des Hirsches, das ihm scharf und süßlich in die Nase stieg. Unwillig hob er die Tatze und schüttelte sich schnurrend vom Wasser frei. So blieb er stehen, auf drei Beinen, seine Rückenhaare sträubten sich, der Körper zog sich zu einem hohen Buckel zusammen.
Der Wolf fraß knurrend weiter, ohne den Puma übermäßig zu beachten. Nur wenn der gar zu laut und wild fauchte, schob er die Lippen auseinander und bleckte seine mächtigen Zähne dem Feinde entgegen.
Der Berglöwe fauchte und knurrte, aber er wagte den Sprung nicht. Plötzlich, als habe er nie schlechte Absichten gehabt, lief er seitwärts zum Flusse hinab und begann zu trinken.
Das Gewitter war noch nicht lange vorüber, und doch hatte die Sonne schon ihre volle Kraft wiedergewonnen, die weite Ebene dampfte unter den sengenden Strahlen, es war schwül geworden, und über dem Flußtal lagen dünne, ziehende Nebelschwaden. Ein Papageienschwarm fiel kreischend am anderen Ufer ein. Sie fraßen alles, was ihnen vor die krummen Schnäbel kam: Käfer und Würmer, Nüsse und Eicheln, und gelegentlich versuchte der eine oder andere sogar, sich einen Fisch aus dem Wasser zu holen ...
Auf dem Hügelrande am Südufer, dort, wo unten der Wolf sich immer noch mit seiner Beute beschäftigte, war eine

Bewegung unter dem großen Traubenkirschbaum. Ein Indianer trat aus dem Schatten und schritt leichtfüßig zu dem alten Hirschweg hinunter. Eine Schar Wachteln lief aufgeregt und flügelschlagend plötzlich auf dem ausgetretenen Pfade vor ihm her, sie sahen ihn und flohen eilig in das Blaugras. Da raschelte es dicht am Wege, er hörte ein helles Kreischen, surrend erhob sich der Schwarm in die Luft, dann ein heiseres Knurren, und wenige Meter vor ihm erschien ein Fuchs mit einem der Vögel im Maul. Er schrak wie ein Schemen in die flüsternden Halme zurück, als er den Roten sah.

Tecumseh war am Ende des Hirschweges. Er hatte die Spur des Wolfes erblickt. Einen kurzen Augenblick lang beugte er sich tiefer über sie, dann folgte er ihr, doch zeigte sein Gesicht, daß er es mehr aus Gewohnheit und Spielerei tat, denn aus wirklichem Jagdeifer. Er sprang über die gestürzte Weide hinweg, nun war er am Ende der Schlucht, wenige Meter vor sich sah er den Wolf.

Der große Gelbe hatte ihn gehört. Er hatte sich erhoben und starrte nun dem Indianer entgegen. Dabei trat er mit den Vorderbeinen über die Reste des getöteten Tieres, er senkte den mächtigen Kopf zwischen die Schultern und glühte aus grünlichen Lichtern den Menschen an. Er knurrte leise, und der Rückenkamm stand steif wie eine Bürste. Sollte er fliehen? Diese zweibeinigen Tiere waren gefährlich. Sie hatten spitze, blinkende Dinger, mit denen sie weit werfen konnten, sehr weit ... viel weiter, als ein Wolf sprang. Er fühlte sich gesättigt, und ein Raubtier greift nur an und tötet nur, wenn es hungrig ist – es war besser, sich davonzuschleichen Er senkte seinen Kopf tiefer und schnüffelte ärgerlich. Das Zweibein kam näher, aber es gab kein Zeichen von Feindschaft. Der alte Gelbe hätte sich trotzdem davongemacht, wenn nicht eine Erinnerung in ihm gewesen wäre, eine Erinnerung an einen süßlichen Aasgeruch, an ein gutes Fressen ... Es war noch gar nicht so lange her, da war er auf einem nächtlichen Streifzug hier am Fluß auf drei Körper gestoßen ... Es hatte nach Blut gerochen... Er hatte sich vollgefressen. Es war gut gewesen...

Der Indianer sah den Gelben erstaunt an. Dieser Wolf floh nicht, ja, es sah fast aus, als wolle er angreifen! Was für ein mächtiges Tier! Der Shawano bückte sich, hob einen grünen Zweig von der Erde und schwang ihn lachend hin und her. Er gab das Friedenszeichen! Der Wolf zog sich böse knurrend zwei Schritte zurück und stand nun hinter dem verstümmelten Körper des Hirsches. Dort aber blieb er und schnüffelte unsicher nach dem wehenden Laube, das grüne Zeug beunruhigte ihn.

»Du bist ein großer Jäger, mein Bruder«, sagte der Rote achtungsvoll, als könne der Gelbe seine Worte verstehen. »Es ist heute keine Feindschaft zwischen dir und mir. Dein Sommerfell, Bruder, ist schlechte Beute.« Damit warf er den leichten Zweig mit einer Bewegung, die fast wie ein Gruß aussah, nach dem Tier und ging dann nach links an den Fluß hinunter. Er hörte den Wolf hinter sich heulen, laut und langgezogen, aber er wandte den Kopf nicht mehr nach ihm um. Wie hätte Tecumseh auch ahnen können, daß dieser Wolf sich vor wenigen Wochen hier am Salzflusse an einem von den drei Shawanos sattgefressen hatte, die von einem Zug nach Boonesburg nicht wiedergekehrt waren, auf dem sie zwei weiße Mädchen geraubt hatten...

Tecumseh war seit zwei Wochen mit Leuten seiner Sippe Msa-passe (»Berglöwe«), wie sie sich nach ihrem Totemtiere nannten, hier in der »Ebene des Wildes« auf der Herbstjagd. Sie hatten ihren alten Platz am Moha-Bache nicht beziehen können, er lag zu nahe an Logans Fort. Sie hatten nördlich des Salzflusses bleiben müssen; und dort waren die Wildherden viel spärlicher als am Moha-Bache oder am Kentucky. Und sogar hier am Licking River waren die Herden geringer geworden, hier, wo sie noch vor drei und vier Jahren in Scharen von Tausenden und aber Tausenden zur Salzlecke gekommen waren! Immer mehr Weiße brachen über die Berge herein, schon drei feste

Siedlungen gab es in der Ebene, die der Shawanos Wildkammer war, und ganze Scharen von weißen Jägern – weißen Wildschlächtern –, die keinen festen Wohnsitz hatte er drunten an der Mündung des Kentucky in den und schossen nieder, was vor ihre Büchse kam.

Seine Stirn zog sich finster zusammen. Vor drei Monaten hatte er drunten an der Mündung des Kentucky in den Ohio ein Fellager entdeckt, das von weißen Jägern im Stich gelassen worden war, offenbar, weil sie mehr geschossen hatten, als sie auf ihren Lasttieren fortschleppen konnten. Es waren Tausende von Hirschfellen, Biber- und Bärenpelzen, Bisondecken, Fuchs- und Wolfshäuten gewesen, so viel, wie ein ganzer Indianerstamm im Laufe eines Jahres mit Mühe und Not erbeuten konnte. Er hatte damals die Spuren der Jäger untersucht und festgestellt, daß es elf Männer gewesen waren. Was mochten sie erst fortgetragen haben! Er hatte die noch brauchbaren Felle holen lassen, seinem Stamm war damit ein ungeheurer Reichtum in den Schoß gefallen, und der Jubel in Chillicothe war groß gewesen.

Nur Cata-he-cassa, der Graukopf, hatte ein besorgtes Gesicht gemacht. Was sollte werden, wenn alles Wild vertrieben oder getötet war? War es nicht schon fast so weit? War es nicht schon viel schwieriger als noch vor wenigen Jahren, genügend Fleisch für den Winter aufzutreiben? Wohl gab es noch Wild im »Lande des grünen Rohrs« – und doch: was war das gegen früher! Wie lange mußten sie wandern und suchen, bis sie ein paar Elche, ein Hirschrudel, eine Bisonherde aufspürten! Das Wild fing an, über den großen Strom nach Sonnenuntergang davonzuziehen. Dort aber waren die Gebiete fremder Stämme, in denen zu jagen die Shawanos kein Recht hatten …

Während Tecumseh dahinschlenderte, waren seine Sinne doch wach. Er hatte plötzlich das Gefühl, als sei ganz in seiner Nähe etwas nicht in Ordnung, als bewege sich das Gras vor ihm nicht nur unter dem Hauch des Windes.

Er glaubte ein Blitzen wie Sonnenstrahl auf Eisen in einem

Winkel seines Auges zu erhaschen, und er sank aufschreiend zur Erde, ein Feuerstrahl fuhr aus einem Gebüsch vor ihm, ein Schuß krachte, er stöhnte laut und wälzte sich von der Lichtung fort in das Gras hinein ... Dann war es einen Augenblick totenstill, gleich darauf aber rauschte ein Rudel Hirsche mit erschrockenen Angsttönen durch das Rohr davon, die Hufe polterten dumpf über die Erde, der Schall verhallte. Nun war es noch stiller als zuvor.

Der Wind hatte sich gelegt, die Erde dampfte unter der heißen Sonne, es war schwül im Rohr, und sehr schwül war es auch dem weißen Manne geworden, dessen Büchse aus alter Gewohnheit fast von selbst losgedonnert hatte, kaum daß er den Indianer erblickt. Ein Roter – damned – hingehalten – Ungeziefer ... war es ihm durch das Gehirn geflogen, befriedigt hatte er gegrinst, als das Stöhnen des Getroffenen erklang. Nun aber war ihm der eiskalte Schreck in die Knochen gefahren: Wann ist ein Roter allein?! Gleich wird es heranheulen von allen Seiten, rote Gesichter, weißglühende Augen, Federschöpfe, whoo – whoop ...

Stille.

Der Kerl stöhnte auch nicht mehr. Sollte er so gut getroffen haben? Bei aller Angst, die ihn schon umkrallte, hohnlachte er tiefbefriedigt in sich hinein: »Mac Affee schießt und trifft.«

Noch immer ist es still. Mac Affee schrickt zusammen. Er liegt hier mit ungeladenem Gewehr im Rohr ... »Wie ein neugebackener Säugling«, flucht er in sich hinein. Eiligst ladet er sein Gewehr. Ganz ohne Geräusch geht das nicht.

Der Rote muß wirklich tot sein. Er stöhnt nicht mehr, er rührt sich nicht. Und offenbar war er ganz allein. Angestrengt späht der Weiße nach der Stelle, auf der der Indianer vorhin zusammenbrach. Nichts, außer ein paar geknickten Halmen ...

»Ach was –.« Gerade will er aufspringen, hinüberlaufen –,

da fährt er herum ... ganz nahe hinter sich im hohen Gras hörte er das heiße Hecheln eines Wolfes, dicht an seinen Ohren.

Er sieht sich die Augen aus, vorsichtig schiebt er ein paar Halme auseinander – nichts.

Wieder ist alles still, die feuchte Erde, von dreitägigem Regen gesättigt, saugt alle Geräusche ein wie Moos im Walde.

Mac Affee beruhigt sich. Es sind keine Indianer da außer dem einen. Und der ist erledigt, denkt er befriedigt. Ich bin ein Angsthase ... Oder warten sie wie ich darauf, wieviel Gegner im Rohre lauern? ...

Da fühlt er etwas durch die Luft rauschen, dumpf dröhnt es neben ihm auf die Erde, er fühlt einen Schlag gegen die Wange, fährt hoch, kniet, schaut um sich ... nichts ... Links neben ihm liegt ein großer Stein, fast schon ein Felsblock.

War der vorher schon da?

Da poltert es auch rechts von ihm, gerade erspäht er noch die Richtung, ein Rasenklumpen, so groß wie ein Mannskopf liegt vor ihm auf der Erde, zerplatzt, löst sich auf.

Mac Affee grinst höhnisch. Er kriecht weiter. Da fährt ihm plötzlich von der Seite ein scharfer Schmerz über den Rücken, und ihm ist, als werde blitzschnell ein glühendheißer Nagel über seine Haut gezogen, von rechts nach links. Er preßt sich an die Erde und greift mit der Linken nach hinten. Die Rechte hält das Gewehr, die Augen spähen nach vorn. Die Linke tastet den Rücken ab, sie findet Widerstand, als ob ein dünner Stab zwischen Rock und Haut liege, er tastet mehr nach links zu, etwas Spitzes ... ein Pfeil ist ihm durch den Oberrock gefahren ... hat gerade noch die Haut gestreift ...

Gerade will er aufspringen, angstgeschüttelt, da trifft wieder ein heiseres, stoßweises, heftiges Hecheln sein Ohr. Ein Wolf, der nach langem Lauf mit heraushängender Zunge nach Luft schnappt.

Wütend fährt Mac Affee herum, blindlings, legt die Büchse

kaum an die Wange, drückt ab, es kracht, der Feuerstrahl versengt die Halme, so dicht stehen sie hier, der Pulverqualm beißt dem Weißen in die Augen, er hat sich schon wieder hingeworfen. Da hört er keine fünf Schritte vor sich aus dem Blaugras ein tiefes, höhnisches Gelächter ... Das Lachen kommt tief aus dem Rachen heraus, wie Indianer lachen ... Mac Affee hat noch nicht wieder geladen, er reißt das Messer aus dem Gürtel und springt vorwärts. »Du Schuft,« knirscht er, »du Schuft!«

Er macht drei, vier Sätze durch das Gras, noch einen, noch einen ... nichts, kein Mensch, kein Indianer, kein Feind ... Gerade will er anhalten, umdrehen, suchen, da bekommt er von hinten einen Stoß, der ihn, der im Laufen ist, fünf, sechs Meter weit vorwärtsschleudert. Er stolpert, stürzt, glaubt den Feind über sich, fühlt das Skalpiermesser schon im Haarschopf kreisen, rafft sich verzweifelt auf, dreht um, die Zähne zusammengebissen, die Faust um den Griff seines Messers gekrallt, zum Kampf bis zum Letzten entschlossen ... nichts ist da, niemand – doch: dort – einige Halme schwanken, glitt dort nicht eine braune Gestalt davon? Er wirft sein Messer wutbebend, mit voller Wucht, lauscht, hört es niederfallen, wartet ... Kein Schrei? Kein Stöhnen?

Stille. Der Himmel ist strahlend blau, von einem nahen Baume herab singt ein Vogel ... Mac Affee hört nur das Schweigen seiner Feinde. Er steht im Grase, hoch aufgerichtet, und wartet ...

Dann blitzt ihm die Erkenntnis seiner Unvorsichtigkeit durch den Kopf, er wirft sich hin, ladet sein Gewehr, seine einzige Waffe.

Es pfeift ganz leise an seinem Kopf vorbei, es knirscht in der feuchten Erde neben seiner linken Hand – da zittert das Messer, das er eben hinter ein paar schwankenden Grashalmen her geworfen hat, im Boden. Es ist fast senkrecht aus der Luft herabgefallen und steckt mit der Spitze der Schneide neben ihm in der Erde.

Mac Affee liegt da und atmet schwer. Sie geben ihm sein

Messer wieder. So sicher haben sie ihn. Er starrt den braunen, wohlbekannten Griff an, er sieht die acht Einschnitte in dem Holzgriff ... acht Einschnitte, Mac Affee! Jeder Einschnitt ein skalpierter Indianer, Mac Affee! Wird heute ein Roter in *sein* Messer einen Einschnitt machen, Mac Affee?

Er fühlt es plötzlich heiß und feucht über die Stirn herablaufen. Mechanisch fährt er mit dem Handrücken drüber hin. Blut? ... Nein, nur Schweiß! Er sieht seine Hand an: Perle an Perle steht der Schweiß auf ihrem Rücken.

Hast du Angst, Mac Affee?

Und plötzlich übermannt es ihn, er möchte aufheulen, er preßt sich an die Erde, er versteckt sich hinter ein paar Grashalmen, er möchte rufen, um Hilfe rufen ... aber er weiß ja, er ist ganz allein, er hat noch so viel Verstand, *nicht* zu rufen, das würde nur die Feinde herbeiholen ... Tief im Innern seines Herzens schreit es, wie er zuletzt als Achtjähriger geschrien hat, damals, als er seinem ersten Wolf gegenübergestanden hatte.

Acht Einschnitte im Griff deines Messers, Mac Affee, acht skalpierte Indianer ...

Denkst du an sie?

Nein, er denkt nicht an sie, an ihre Todesschreie, ihre im Schmerz verkrampften Körper, es kommt ihm gar nicht zu Bewußtsein, was die Kerben bedeuten. Er hat nur Angst, ganz einfach Angst, schauderhafte, beklemmende Angst um sein Leben. Sie werfen ihm sein Messer zurück! Sie brauchen es nicht! Behalte deine Waffen, auch so werden wir mit dir fertig! sagen sie ihm damit.

Es ist ganz still, nur die Halme flüstern im heißen Winde. Die Sonne brennt, und die Erde dampft. Und der weiße Mann, der bis zu diesem Tage auf jede Handbreit rote Haut, die sich im Gebüsch gezeigt, seine Flinte losgebrannt hat, zittert vor Aufregung. Mit zehn, mit zwanzig roten Teufeln würde er kämpfen, mögen sie doch heranheulen, mögen sie doch kommen. Er würde draufgehen dabei, das weiß er, aber er würde sich wehren, mindestens zwei von

ihnen sollten daran glauben. Ist er ein Feigling? Noch in seiner schwitzenden Angst würde er über diesen Gedanken lachen, wenn er ihm käme.
Aber das Schweigen, das lautlose Herannahen des Todes, den er dicht über sich fühlt, nimmt ihm allen Mut, allen wilden Trotz; er ist nahe daran, vor hündischer Angst die schnatternden Zähne ins Gras zu schlagen.
Spring ihm auf den Rücken, stoß zu, Indianer, jetzt ist die Zeit da, dein Feind ist besinnungslos vor Angst, gleich wird er sich wieder ermannen – dann ist's zu spät. Stoß zu, Tecumseh, nimm Rache für die acht, die er erschlug! – –
Aber es bleibt ruhig im hohen Grase, Tecumseh liegt mit kalten Augen einige Schritte von dem weißen Mann entfernt. Er ist nicht getroffen worden vorhin, sein rasches Auge, das hundertfach geübte, blitzschnelle Hinwerfen hat ihn gerettet. Er hatte nur gestöhnt, um den Gegner sicherer zu machen.
Tecumseh liegt ruhig, aber in seinem Blut tobt es. Soll der Indianer vogelfrei sein in seinem eigenen Lande? Soll jeder weiße Mordbrenner seine Büchse auf ihn abdrücken – ohne Warnung, ohne Grund, ohne Krieg? Ist der rote Mann zum Wild geworden wie Büffel und Hirsch und Luchs und Biber? Wollen sie auch dreitausend Indianerskalpe ernten wie damals die Tierfelle?
Tecumseh hatte sich zuerst nur stumm verhalten, um festzustellen, wieviele Feinde sich im Rohr bargen. Dann aber, als er erkannte, daß er nur einen weißen Mann vor sich hatte, war in dem Indianer, den der Überfall in einen rasenden Zorn versetzt hatte, das Raubtierblut wach geworden. Er wollte wie die große Katze, deren Namen er trug, wie der Silberlöwe, mit dem gefangenen Feinde erst spielen, bevor er ihn tötete. Er wollte ihm zeigen, wer der Herr im Blaugras und im grünen Rohr, wer der Meister der Jagd war; er wollte langsam den Mann zu Tode hetzen, der ihm da eben aus purem Übermut eine Kugel zwischen die Rippen hatte jagen wollen.

Und dann fing er das Spiel an. Er hatte kein Gewehr bei sich, obwohl damals fast alle Indianer schon mit der langen Büchse der Grenzer umzugehen wußten. Aber Tecumseh liebte die lautlosen Waffen; und keinen Augenblick kam er auf den Gedanken, daß der Weiße ihm überlegen sei, weil der ein Gewehr hatte.

Der Shawano trieb Mac Affee im Grase umher wie die Katze die Maus, er ließ ihn schießen und horchen und aufspringen und sich niederwerfen, er ließ sein tiefes Gelächter erschallen, er warf ihm Erdklumpen an den Kopf, die hoch vom Himmel herab zu fallen schienen, er atmete heiß und heiser wie ein Wolf ganz in seiner Nähe, er brüllte dem Grenzer den Kriegsruf der Shawanos in die Ohren –

Und dann wieder ließ er minutenlang, die dem Weißen wie Stunden vorkamen, keinen Laut hören. Gerade diese Minuten des Schweigens waren es, die Mac Affee am meisten ängstigten; dann glaubte er, daß der unsichtbare, unheimliche Gegner zum letzten Sprung ansetzte ... und der Weiße lag da, platt auf der Erde, er konnte immer nur nach einer Seite sehen ... Richtete er den Kopf dem Flusse zu, so glaubte er es hinter sich rascheln zu hören. Fuhr er herum, so schwankten die Halme links von ihm.

Und so kam, was kommen mußte. Der Weiße hielt die Spannung nicht mehr aus, er sprang auf und rannte davon, flußabwärts, in die Richtung, in der das Lager seiner Gefährten war. Er lief mit Anspannung aller Kräfte, das übermannshohe Gras verbarg ihn fast dem Blick, er sprang geduckt dahin, atemlos, mit geballten Fäusten, mit hämmerndem Herzen, der Schweiß rann ihm in Strömen über die Stirn – aber er lief, die Knie wollten fast versagen, die Lunge arbeitete, als wolle sie platzen – nun leichter eine steile Böschung hinab –, er lief und horchte nach hinten. Und plötzlich kam es ihm zu Bewußtsein: er hörte nichts, er hörte ja nichts hinter sich!

Dem weißen Manne war, als könne er plötzlich wieder atmen, als sei der Tag kühler, die Sonne strahlender geworden, ein toller Daseinsjubel quoll ihm die Kehle herauf, gerade wollte er anhalten, stehenbleiben, sich umwenden, die Arme breiten ... »Habe ich's doch geschafft, ihr roten Halunken?!«

Da traf es ihn wie ein Keulenschlag: wenige Schritte vor ihm öffnete sich das Gras zu einer kleinen Lichtung, und über deren jenseitigen Rand hinweg setzte eben leichtfüßig ein Indianer. Kaum gesehen, war er verschwunden ... Und dort links, dort schwankten die Halme, dort liefen wenigstens drei Rote, nach der Bewegung des Grases zu schließen. Jetzt war wieder einer weiter vorn einen Augenblick sichtbar, er spähte über das Gras weg zu ihm hin und sank erschrocken zu Boden, weil er erkannte, daß der Grenzer ihn entdeckt hatte. Die Bewegung gab Mac Affee seine Kraft wieder. Mit einem wilden Fluch setzte er die Büchse an, zielte und schoß. Ein hoher, jammernder Schrei war die sofortige Antwort, darauf klang von derselben Stelle ein wilder, dumpfer Kriegsruf ... Der Weiße lud mit fieberhafter Eile sein Gewehr, kniete nieder und wartete gespannt.

Sie hatten ihm den Weg verlegt, waren rechts und links an ihm vorbeigelaufen ...

Er lauschte, er wartete ... wieder diese tödliche Stille ... aufschreiend fuhr er herum, dicht hinter ihm, direkt an seinem Ohr, hatte er atmen gehört, ein heißer Lufthauch hatte ihm in das Genick geblasen ... und er sah einen großen, grauen Wolf erschreckt mit eingezogenem Schwanz zwischen dem hohen Rohr verschwinden.

Mac Affee faßte sich an die Stirn. War er noch bei Verstand? Oder hatten die Roten nun sogar die Tiere in ihrem Dienst?

Tecumseh ahnte nichts von dem Wolf, der über die plötzliche Bewegung fast so erschrocken war wie der weiße Jäger, aber als er jetzt eine Faustvoll Halme mit Wurzeln und Erde aus dem Boden riß, sie zweimal um den Kopf schwang und dann dem weißen Mann die ganze Ladung Dreck und Lehm an das Hinterhaupt sandte, da hörte er einen wilden, kreischenden Schrei, einen gröhlenden Ruf und dann ein Rauschen im Blaugras, einen Fall und weiter nichts mehr.

Der Indianer lauschte. Es war stille.

War der weiße Jäger klug geworden? Er rührte sich nicht, es war nicht das leiseste Geräusch zu hören, das ein Anschleichen erlaubt hätte.

Tecumseh wartete. Er hatte Zeit. Schon den kleinen Knaben wird bei den Indianern beigebracht, daß der Krieger mit der größeren Geduld über den Gegner siegt. Er lag und wartete.

Endlich rührte sich der Gegner wieder. Mac Affee war nicht ohnmächtig geworden, aber weit entfernt war es nicht gewesen. Sein Gehirn war von einem schleichenden Grauen erfüllt, das alles Denken lähmte. Er fühlte vorsichtig nach dem Hinterkopf, er hatte ein Gefühl, als sei sein Schädel gespalten von dem Hieb eines Tomahawks. Er begriff nicht, was da eben geschehen war.

Aber der erbarmungslose Indianer trieb ihn wieder auf, und dann ging das Spiel von neuem los. Er jagte den Weißen an den Fluß und wieder vom Ufer fort, er trieb ihn durch das dichte Weiden- und Erlengebüsch in die toten Flußarme hinein und hinaus, er wandte die tausend Künste des roten Jägers an; rechts und links, vor, hinter dem Grenzer rauschte, prasselte, pfiff und heulte es im niedrigen Gehölz; es kam soweit, daß jeder Vogel, jeder Präriehase und jeder Fuchs, den er aufscheuchte, jedes Hirschrudel, das polternd auf und davon ging, dem geängstigten weißen Wilden zu einer drohenden Indianerschar wurde. Sie stöberten einen Luchs beim Beutegang auf, Tecumseh jagte dem Tiere einen Pfeil in den Hals, und fauchend sprang die große Katze dem Grenzer mit allen Vieren auf den Rücken. Mac Affee brach erschöpft zusammen, aber ein zweiter Pfeil rettete ihn vor dem sicheren Tod durch das Tier — Tecumseh wollte selber töten. In seinem Todeskampf hieb der Luchs mit seinen fürchterlichen Krallen dem Grenzer tiefe Wunden, riß ihm den linken Ärmel seines Lederrockes von oben bis unten auf, und sein wildes, tobendes Leben gab sich erst verloren, als Mac Affee ihm mit letzter Besinnung sein Messer in den Hals stieß.

Aber der Luchs hatte kaum ausgeatmet, da schwoll aus dem Gebüsch ein tiefes, vielstimmiges »Whoo – whoop –– whoop whoop – – whoo – whoop«, und dem gejagten Manne sträubten sich die Haare unter seiner Biberkappe. Das war ja ein ganzes Schock Indianer ...

Und atemlos, mit schwimmenden Augen, sprang er vom Boden auf, Messer in der Linken, Gewehr in der Rechten, und rannte davon, rannte um sein Leben, rannte geradeaus – immer geradeaus –, mochte es auch rechts und links und vor ihm heulen und schreien und keuchen und rascheln. Er hatte genug, er gab es auf, er hatte nur noch einen Gedanken: »Fort, fort, in das Lager – und wenn er ihnen direkt in die Arme laufe ...«

Tecumseh war von der sinnlosen Flucht des Weißen überrascht. Doch schon setzte er ihm nach. Und der Shawano, der alle Sinne und Gedanken beisammen hatte, der trotz der bohrenden Rachsucht so kalt und ruhig war, wie ein großer Jäger auf großer Jagd sein muß – der Shawano rief jetzt den schallenden Siegesruf des Tötenden. Aber bevor es zum letzten Kampf kam, spielte der Zufall noch einmal dem Weißen auf. Er fühlte den Indianer immer näher kommen, er sah und hörte nur halb, was vor ihm war, und so sah er den einsamen Bisonstier nicht, der sich in einer Erdvertiefung niedergetan hatte, und lief weiter, direkt auf das große Tier zu. Tecumseh hob den Bogen, und der Pfeil traf den Stier von vorn in den Höcker. Ein Sprung zur Seite brachte den Roten in Deckung hinter einen kleinen Busch.

Der alte Bulle röhrte vor Schmerz, sah den Weißen heranlaufen und nahm ihn sofort mit blutunterlaufenden Augen an. Er fuhr wie ein behaarter, brauner, brüllender Erdteufel mit gesenktem Schädel aus seinem Bette noch. Mac Affee versagten die Knie, die zitternde Le-

bens- und Todesangst gab ihm gerade noch die Kraft, sich beiseite zu werfen, und der Stoß der krummen Hörner ging ins Leere. Die Wucht des Anlaufs riß ihn an dem lauernden Tecumseh vorbei, den er nicht bemerkte. Dann warf das Tier den schweren, zottigen Körper herum, suchte zornig brüllend nach dem Gegner, sah ihn keine zehn Schritte vor sich am Boden liegen, senkte den Kopf noch einmal und setzte sich schnaubend sofort wieder in Bewegung. Der Shawano übersah mit einem Blick, daß der Weiße nicht mehr die Kraft hatte, sich zu wehren, daß seine flatternden Hände das Gewehr nicht mehr zu laden vermochten. Tecumseh jagte ihm aus drei Schritt Entfernung den Todespfeil ins Herz. Der lebende, braune Berg stolperte, raffte sich hoch, und sank dann endgültig in die Knie. Zwei Schritte vor ihm nur lag Mac Affee, aber er erreichte den Weißen nicht mehr.
Während er noch den sterbenden Stier anstarrte, blitzte es Mac Affee durch den Kopf: »Verflucht, am Herzschlag stirbt so'n Bulle nicht – das hat seine Ursache!« – und da war auch die Jagd, der Feind, die Gefahr wieder voll in seinem Bewußtsein. Das Gehirn arbeitete wieder – aber wenn auch der Todeskampf des Bisons nur Sekunden gedauert hatte, wenn auch die Gedanken des Mannes schnell waren, Tecumseh war noch schneller.
Und während der Weiße noch mit mühsamen Atemzügen Luft schöpfte, erklang eine harte, grausame Stimme dicht vor ihm:
»Der weiße Wolf ist lange gelaufen, bis er seinen Tod fand.«
Mac Affee fuhr hoch: auf Armweite vor ihm stand ein schlanker Indianer in hirschledernen Hosen und Mokassins, die linke Hand hinter dem Rücken verborgen und in der herabhängenden Rechten eine hölzerne Kriegskeule mit einer Steinspitze an der Schlagseite. Mit aufgerissenen Augen sah Mac Affee: Das war der Indianer, auf den er seinen ersten Schuß abgefeuert und von dem er fest geglaubt hatte, er habe ihn erschossen.

»Zieh dein Messer, weißer Wolf, der Berglöwe setzt zum Sprunge an.«
In die Augen des Grenzers kam ein höhnisches Grinsen. Mac Affee war wieder auf der Höhe: dieses braune Jüngelchen wollte ihn töten? Den erwürgte er mit bloßen Händen... Da sah er, wie sich die Augen des Indianers zusammenzogen, der Rote hob mit schnellem Schwung die Kriegskeule. Mac Affee ließ ebenso schnell, sein ungeladenes Gewehr fallen, griff nach der Kehle des Feindes, Tecumseh wich zurück, die Keule sauste herab, aber noch schneller als der Tomahawk waren die Hände des Weißen, er griff die herabfallende Waffe und faßte den Stiel, wenn auch zwei Finger brachen. Aber Mac Affee hielt fest. Doch bevor er noch mit seiner wilden Kraft die Waffe an sich reißen konnte, fuhr wie ein heißer Blitz die linke Hand des Indianers empor, ein Messer stand darin, der Weiße brüllte auf, die Schneide war ihm durch die Handfläche der Rechten gefahren, und der Weiße ließ die Keule los. Tecumseh hielt den Griff des Messers fest und hob die linke Hand. Der Grenzer folgte der Bewegung mit der aufgespießten Rechten, denn jeder Widerstand seiner Hand verschärfte den Schmerz. So standen sich die beiden gegenüber; kalt und rachsüchtig blickte der Indianer seinen Feind an. Dann hob er noch einmal die Kriegskeule und ließ sie auf den Schädel seines Gegners niedersausen.
Dem gab die Todesangst seine brutale Kraft wieder, er riß die blutende Rechte rücksichtslos aus dem Messer und griff noch einmal mit beiden Händen nach dem Tomahawk des Indianers. Aber die Wucht des Schlages war zu groß, der Weiße knickte zusammen und schlug schwer auf den Boden...
Tecumseh beugte sich über ihn. War der weiße Mann tot? Der Grenzer hatte den Schlag der Keule mit den Händen gemildert und auch abgelenkt, sie hatte ihn nur mit der Seite getroffen, nicht mit der Obsidianspitze. Auch die Pelzkappe hatte die Wucht abgeschwächt. Te-

cumseh nahm sie dem Gegner ab, er sah kein Blut, die Schädeldecke war unversehrt.
Der Indianer richtete sich wieder auf und schwang abwägend die Keule in der Hand. Der weiße Jäger war nicht tot, er würde wieder aufwachen und auf Indianer schießen. Aber die Rachgier, die in Tecumseh getobt hatte, war mit einem Schlage erloschen; er hob mechanisch die Kriegskeule noch einmal, aber er ließ sie nicht niederfallen. Es war kein Gegner mehr da. Er hätte den Weißen ohne Mühe töten können, er lag ja wehrlos vor ihm auf der Erde. Doch es war, als wisse der Shawano nicht, was er tun solle. Unschlüssig blickte er umher und senkte wieder den erhobenen Arm. Da sah er das Gewehr des Weißen. Er hob es auf. Dann schnitt er die Riemen durch, an denen des Grenzers Pulverhorn und Kugelbeutel hingen, schließlich nahm er ihm das Messer aus dem Gürtel.
Nachdem er noch einmal nachdenklich den weißen Mann betrachtet hatte, ging er langsam in östlicher Richtung davon, in die schnell hereinbrechende Dämmerung hinein. Nach einiger Zeit sah er sich um. Er konnte den Körper des Weißen nicht mehr sehen. Dann schritt er an den Fluß hinunter, der leise rauschend durch die Ebene strömte. Und von einem Vorsprung des Ufers aus warf er Gewehr, Messer, Kugelbeutel und Pulverhorn in die dunkle Flut.

# *Jagd auf die Weißen*

Zwei Tage später saßen unter einer mächtigen Schwarzeiche, deren gewaltig ausladende, tief herabreichende Äste sie vor allen Blicken fast verbargen, Bärenkind und Gelber Wolf, zwei junge Shawanokrieger, in heiterem Gespräch. Es war früher Morgen, und hier oben auf der Bergkuppe war es schon heller, strahlender Tag. In den welligen Talreihen des Parklandes aber lagerte noch die Dämmerung. Man sah weit nach Westen und Süden von hier aus, der Platz war wie geschaffen für einen Ausguck. Und daß die beiden auf einem Beobachtungsposten waren, das konnte man daran erkennen, daß sie trotz ihrem angeregten Plaudern die Blicke ständig nach Südwesten gerichtet hatten; keinen Augenblick ließen sie eine waldige Kuppe aus den Augen, die sich im Südwesten deutlich gegen den Horizont abhob.

Die beiden mußten sich sehr sicher fühlen; sie hatten zwar, wie jeder Indianer, wenn er außerhalb des Dorfes ist, alle Waffen bei sich, aber sie waren so sorglos, daß ein Feind wahrscheinlich gut daran getan hätte, die nähere Umgebung abzusuchen, bevor er sie angriff. Jedoch war in unmittelbarer Nähe nichts Auffälliges zu sehen außer einem mehr als mannshohen Reisighaufen, der auf dem flachen Abhang einige Schritte vor der Schwarzeiche neben einer Quelle lag; in dem Bächlein, das hier entsprang, lagen grüne, dicht mit Nadeln besetzte Fichtenzweige; und sehr viele Fichtenzweige sah man auch neben dem Reisighaufen. Zwischen den beiden Indianern stand ein kurzer, an beiden Enden glatt behauener Baumstamm von etwa einem Fuß Durchmesser und zwei Fuß Länge.

Da ertönte der Schrei des Kriegsadlers. Sie verstummten sofort und horchten. Noch einmal schrie der Vogel, er schien näher zu sein als vorher. Die Indianer erhoben sich, griffen zu Pfeilen und Bogen und begaben sich in das Freie, um nach dem Vogel auszuspähen. Seine Federn sind begehrt bei allen roten Völkern, und nie läßt sich ein Krieger die Gelegenheit entgehen, einen Adler zu erlegen. Und wirklich, in gar nicht großer Höhe schwebte ein Adlerpaar. Verlangend folgte der Blick der Indianer den Vögeln, aber sie waren doch für einen Pfeilschuß viel zu hoch, und Gewehre hatten die beiden nicht. Vorsichtig traten sie in den Schutz der Äste zurück.

Aber vom gleichen Gedanken bewegt wandten sie wieder ihren Blick nach der Waldkuppe am Horizont; auch Kriegsadler konnten den Geist der beiden Späher nur für Augenblicke von ihrer Aufgabe ablenken. Und gleichzeitig hoben beide den Arm, fast gleichzeitig riefen sie aus: »Wa —! Sieh dort — Tecumtha ruft!«

Über dem niedrigen Waldberge fern im Südwesten stand eine schlanke Rauchsäule, die sich mit jedem Augenblick höher in den windstillen Morgenhimmel erhob. Auf diese Entfernung war sie nur wie ein dünner Strich, aber den ungetrübten Augen der beiden Jünglinge war sie doch deutlich sichtbar.

»Tecumseh spricht zu uns«, murmelte der eine. »Was wird er sprechen?« Er bekam keine Antwort. Sein Gefährte hatte die Worte wohl gar nicht gehört. Er hatte die Augenbrauen leicht zusammengezogen.

»Es ist nur *ein* Feuer ... Warum spricht der Fliegende Pfeil nicht weiter?« rief ungeduldig wieder der erste. Es war Gelber Wolf. Er sah einen armdicken Ast in Reichweite, legte Bogen und Köcher nieder, faßte den Ast, zog sich hinauf, und als er oben über das Blätterdach der Eiche in das Land hinaus sehen konnte, da stieß er einen lauten Schrei aus.

»Auch Bärenkind sieht«, rief der, der unten geblieben war.

»Es sind noch drei Feuer auf dem Berge.«

»Vier Feuer zusammen. Der Fliegende Pfeil ruft die Krieger der Shawanos!« schrie begeistert Gelber Wolf aus der Krone des Baumes zurück, und schneller als er hinaufgeklettert war, war er wieder unten auf dem Erdboden.
Bärenkind war schon zu dem Reisighaufen gelaufen er hatte den kurzen Baumstumpf mit sich genommen. Nun kniete er auf die Erde, stellte den Ahornstumpf vor sich, löste eine Lederschnur, und es zeigte sich, daß der Baumstumpf hohl war. Der Shawano nahm das obere Stück wie den Deckel einer Büchse ab, griff in den Stamm hinein und holte eilig eine Handvoll Moos heraus. Das war gar nicht so einfach, denn das Moos war geradezu festgestampft. Es war erstaunlich, eine wie große Menge von zundertrockenem Moos in dem Behälter war. Gelber Wolf hatte inzwischen einen Teil auseinandergerupft und auf einige Fichtenzweige gelegt, deren Nadeln braun und trocken waren.
Aus dem Stumpf, der seitlich kleine Luftlöcher hatte, stieg eine feine Rauchfahne, und nun hob der Indianer mit vorsichtiger Hand einen Ballen Moos heraus, in dem es glühte und qualmte; noch einmal holte er mit gespitzten Fingern eine Handvoll von dem leise knisternden, verfilzten und verflochtenen Geflecht heraus, in dem Flämmchen sprühten. Er legte alles auf das von seinem Gefährten vorbereitete Moospolster und schob das Ganze mit behutsamen Händen in den Reisighaufen hinein. Dann nahm er trockene Zweige, warf sie über das glühende Moos, auch trockene Fichtennadeln, und während der eine der Indianer das Moos, das sie nicht mehr brauchten, sofort wieder in den ausgehöhlten Feuerbehälter stopfte und schließlich den Stamm mit dem Deckel schloß, warf sich Gelber Wolf vor den Reisighaufen und blies in die Glut. Es knisterte und zündelte, und auf einmal schlugen kleine Flammen hoch. Die nächsten Zweige wurden schnell von Feuer ergriffen, und plötzlich brannte der ganze Holzstoß lichterloh mit Geprassel und Funkengestiebe.
Die beiden Indianer sprangen auf, eilten zu dem nahen

Bach, ergriffen so viele von den großen Tannen- und Fichtenzweigen, die dort im Wasser lagen, wie sie tragen konnten, holten immer neue, und als das Feuer den ganzen Holz- und Reisigstoß ergriffen hatte, warfen sie das nasse Grün auf den Stoß.

Die Flammen wichen zischend zurück, und nun wallte eine grauschwarze Rauchwolke in die Höhe. Immer mehr nasse Zweige warfen die Roten in das Feuer, die Rauchsäule wurde dicker und höher, und erst, als sie alle bereitgelegten Zweige verbraucht hatten, traten sie atemlos, rauchgeschwärzt und hustend zurück, um wieder nach Südwesten zu spähen, wo fern am Horizont immer noch die vier dünnen, senkrechten Striche über der Waldkuppe standen.

Sie starrten und plötzlich schrien sie wieder wie aus einem Munde:

»Ho – Tecumseh sieht uns!«

Die eine der vier Rauchsäulen war plötzlich wie abgeschnitten, das obere Ende wehte davon, dann stieg ein einzelner Rauchstoß wie ein kleiner schwarzer Ball in die Luft, und wieder einer und immer wieder einer.

Bärenkind schrie: »Tecumseh sagt noch mehr!« Gelber Wolf aber hielt schon die geballte linke Hand vor sich hin und zählte, und Bärenkind folgte sofort seinem Beispiel: Eins: Daumen auf. Zwei: Zeigefinger auf. Drei: Mittelfinger. Vier: vierter Finger. Fünf: kleiner Finger.

Die Indianer, die dort in der Ferne die vier Feuer angezündet hatten, gaben eine Zahl weiter. Eine hohe Zahl! Bärenkind und Gelber Wolf mußten zur rechten Hand greifen: Sechs ... sieben ... acht ... neun ... zehn ...

»Fünf an jeder Seite«, schrie Bärenkind und tanzte aufgeregt herum, ohne jedoch die Rauchsäulen aus dem Auge zu lassen. Gelber Wolf dagegen stand wie ein Baum. Der Rauchtelegraph aber spielte weiter. Sie mußten noch einmal die rechte, und dann noch einmal beide Hände ...

Und als die zweite der vier Rauchfahnen wieder still und gleichmäßig wehte wie vorhin, da hatten sie zweiund-

dreißig gezählt. »Dreimal fünf an jeder Seite (d. h. an jeder Hand) und noch zwei dazu.«
Zweiunddreißig Feinde also hatte Tecumseh aufgespürt, und jetzt rief er, man möge kommen ... Was es wohl für Feinde sein mochten? Catawba? Tschiroki? Oder gar Mitschi malsa, Langmesser ... Blaßgesichter? Sicher waren es Blaßgesichter, denn bis hierher an den Salzfluß wagte sich gewiß kein Tschiroki oder Catawba aus dem Süden.
Aufgeregt und begeistert sahen sich die beiden an. Dann aber fiel ihnen wieder ein, daß sie noch Pflichten hatten. Sie blickten wieder nach der bewaldeten Bergkuppe. Noch immer standen die Rauchsäulen am Horizont. Da stürzten die beiden jungen Indianer zu der Schwarzeiche hin, unter der sie vorhin gesessen hatten, und holten eine bemalte Büffelhaut, die einem von ihnen als Mantel gehörte. Sie rollten das Fell auf, faßten es an den beiden schmaleren Seiten, so daß sie sich gegenüberstanden. Sie gingen um das Feuer herum, so daß sie, von den fernen Freunden aus gesehen, die jetzt danach ausspähten, ob auch ihre zweite Meldung verstanden worden war, vor dem brennenden Holzstoß standen. Gelber Wolf und sein Gefährte merkten, daß sie den Holzhaufen viel zu groß genommen hatten. Aber das half nichts; Tecumseh wartete auf Antwort, und die beiden hätten sich eher anrösten als Tecumseh warten lassen. Sie traten sich gegenüber, so daß die Bisonhaut sich straff wie ein Trommelfell spannte, und stellten sich so, daß das Feuer ganz dicht hinter ihnen lag. Bärenkind gab das Zeichen, sie bissen die Zähne zusammen und schwenkten die riesige Haut in den Qualm hinein, hielten sie eine kurze Zeit über der Flamme, so daß die Rauchsäule von unten keine Nahrung mehr bekam und ins Blau zerflatterte. Dann schwenkten sie taktmäßig das Fell hin und zurück, quer in den Rauch hinauf und wieder heraus, fünfmal insgesamt. Fünf große Rauchbälle stiegen nacheinander in die Luft. Dann ließ Bärenkind auf ein Zeichen seines Gefährten los, und der zog das Fell mit einem Schwung zu sich herüber. Beide

hatten Brandblasen an den Händen und im Gesicht, die Augenlider waren versengt, und an den Lederhosen des Gelben Wolfs lief noch im letzten Augenblick eine hastige, kleine Flamme an den Fransen hinauf.
Nun waren dort im Südwesten nur noch drei Rauchfahnen zu sehen, jetzt sanken gleichzeitig zwei weitere in sich zusammen, bekamen keine Nahrung mehr von unten, noch zwei kleine verwehende Pünktchen am Himmel – vorbei. Dafür aber wurde die vierte Säule dicker und schwärzer. Solange hatte Gelber Wolf gewartet; nun aber ergriff er den hölzernen Feuerbehälter, stopfte ihn in eine große Ledertasche, warf das Ganze an zwei Lederriemen wie einen Rucksack über die Schulter und lief wortlos über die Kuppe hinweg. Bärenkind ergriff ein armdickes Ahornstämmchen und warf mit ihm die nassen, rauchenden Zweige von dem Holzstoß herunter, dann fuhr er tief in das Feuer hinein, suchte mit dem Ende seiner Stange in der prasselnden Glut, hatte gefunden, faßte fester zu, ging um die Flammen herum – die Stützen im Innern stürzten übereinander, und der Holzstoß brach zusammen.
Er hatte sich bei allem sehr beeilt, denn er wußte: dort im Südwesten stand Tecumseh und beobachtete, wie lange Bärenkind wohl dazu brauchen würde, um die Rauchsäule auszulöschen. Es gab nichts Schlimmeres für einen jungen Shawano, als eines der ruhigen und so tief verwundenden Tadelworte des jüngsten Häuptlings seines Stammes.
Gelber Wolf war inzwischen über den Abhang hinweggeeilt, und als er an die Lichtung kam, auf der das Zeltlager stand, stieß er einen schallenden, langgezogenen Ruf aus, wobei er sich schnell mit der Hand vor den Mund schlug. Es klang wie »Ho – ho – ho – ho – ho – ho –« und war der Alarmruf.
Er rannte mit großen Sätzen auf den freien Platz in der Mitte, und während von allen Seiten die Männer und Frauen herbeieilten, rief er mit weithin hallender Stimme dreimal den traditionellen Ruf des Herolds, der den Befehl zum Aufbruch bringt:

»Auf! Auf! Auf!« Und er fügte hinzu: »Der Hund bellt in den Wäldern.«
Dann begab er sich zu dem Zelt des Häuptlings, der das Lager führte. Dort wartete er am Eingang, indessen die Männer und Frauen sich um ihn drängten, um genau zu hören, was kommen würde. Endlich wurde der Büffelvorhang zurückgeschlagen, und Lälaschikah, »Der den Fluß hinaufgeht«, trat heraus.
Sofort wurde es still. Der Häuptling trat ruhig auf Gelber Wolf zu, sah ihn an und sagte:
»Ich hörte einen Hund bellen.«
»Er ruft alle Hunde und alle Krieger des Stammes«, gab Gelber Wolf zurück.
»Was hast du gesehen?«
»Ich sah vier Feuer auf dem Berge.«
»Hat Bärenkind auch gesehen?«
»Bärenkind sah vier Feuer wie Gelber Wolf.«
Der Häuptling schwieg. In seinem Gesicht arbeitete es zornig.
Lälaschikah war ein älterer Mann, und es paßte ihm gar nicht, daß er hier Befehle eines Jüngeren entgegennehmen mußte. Tecumseh rief um Hilfe, und es war in Wahrheit doch ein Befehl. Der Orden der Hunde bildete wie immer auf Wanderungen die Lagerpolizei, und Tecumseh war der Führer der Hunde. Alle Hunde würden dem Rufe folgen, und ebenso alle übrigen Krieger. Wo Tecumseh war, war Gelegenheit, sich neue Auszeichnungen zu erwerben. Niemand war so beliebt und gefürchtet wie Tecumseh, seit der alte Cornstalk tot war.
Lälaschikah schwieg immer noch. Selbst Cata-he-cassa hätte dem Ruf der vier Feuer folgen müssen, Cata-he-cassa, der Cornstalks Nachfolger als Oberhäuptling der Shawanos geworden war.
»Hat der Fliegende Pfeil Eure Antwort gesehen?«
»Bärenkind und Gelber Wolf zündeten das Feuer an, und der Hund in den Wäldern sagte uns durch den Rauch, er habe ‚dreimal fünf an jeder Seite und zwei‘ Feinde ge-

funden. Dann verlöschte er drei Feuer und ließ nur eines leuchten.«

Ein befriedigtes Gemurmel lief durch die Umstehenden, die gespannt lauschten, und manch ein freundlicher Blick traf den jungen Boten, der seine Sache so gut gemacht und erst abgewartet hatte, bis er genaue Nachricht bringen konnte, statt sofort davon zu laufen. Auch Lälaschikah lächelte befriedigt, denn Gelber Wolf war sein Neffe. Noch einmal dachte der Häuptling nach, dann klatschte er in die Hände und rief:

»Bereitet ein Mahl und eßt. Alle Krieger werden dem Hunde helfen, der im Süden nach Euch ruft. Die Weiber mögen Büffelfett und Bärenfett heiß machen und Pemmikan bereiten, damit die Männer Speise haben auf ihrer Reise. Ein Pfeil wird Euch führen. Lälaschikah bringt die Weiber und die Beute der letzten Wochen zurück nach Chillicothe.«

Die Umstehenden, die bisher stumm gewartet hatten, führten mit Ausrufen der Verwunderung erstaunt beide Hände vor den Mund: ein Häuptling, der vor dem Abenteuer zurückweicht! Der freiwillig die Frauen über den Ohio zurückführt! Das hätte doch jeder andere auch tun können ...

Aber »Der den Fluß hinaufgeht« sagte nach einer kleinen Pause ungeduldigen Wartens, als die Männer und Weiber keine Anstalten machten, ihm zu folgen, mit zornig erhobener Stimme: »Lälaschikah hat seine Worte gesagt. Haben die Krieger der Shawanos ihre Ohren in der Hand?«

Nun lachte eine Frau hell auf, die Verwunderung wich, und kopfschüttelnd gingen die Indianer auseinander, während der Häuptling in sein Zelt zurücktrat. Aber bald gewann die Erwartung dessen, was sich vorbereitete, die Oberhand, und als Bärenkind in das Lager kam, da fand er die Krieger um große Feuer hockend, lustig schwatzend und eifrig kauend. Die Frauen waren nicht müßig. In den vier Wochen, die man hier auf dieser Lichtung zugebracht hatte, hatten die Männer viel Wild erlegt, und das Fleisch hatten die Weiber, soweit es nicht sofort verspeist worden war, in lange, dünne Streifen geschnitten und an Lederschnüren zwischen den Zelten in die Sonne gehängt.

Nun gingen die Frauen von Schnur zur Schnur und suchten die trockensten Streifen heraus, setzten sich dann im Kreis unter einen großen Ahorn und schnitten und säbelten mit Steinmessern und teilweise sogar mit echten Stahlklingen das gedörrte Fleisch in kleine Stücke; ganz trockene Teile wurden auf Steinplatten zu Pulver zerrieben und zerstoßen. Andere schmolzen Büffelfett in großen irdenen Töpfen über dem Feuer, schlugen das Mark aus den Knochen von Hirschen, Bisons, ja sogar von zwei Bären, die Ein Pfeil erlegt hatte, in die heißflüssige Masse, und als alles zerlassen war, wurden die Fleischstückchen zu gleichen Teilen in peinlich gereinigte Büffelblasen gefüllt. Nun kamen noch ein paar süße Saskatun-Beeren und geschabte Erdnuß in jede Blase, und zuletzt wurde das heiße Fett über die Masse gegossen. Sobald sie erkaltet war, band man die Blase mit Büffelsehne zu, und nun hielt sich die wohlschmeckende und nahrhafte Speise jahrelang frisch und gut — wenn sie nicht vorher verzehrt wurde*.

Inzwischen begannen die Männer schon mit dem Abbrechen der Zelte; zehn- und zwölfjährige Knaben krochen geschmeidig wie Katzen in die Zeltspitze hinauf und lösten die Riemen, die die Stangen oben zusammenhielten, dann zogen sie die Schnüre aus den kleinen Löchern in den Büffelhäuten, die das Zelt bedeckten, während die Männer die schweren Stangen hielten. Die Bengels rutschten, wenn sie fertig waren, mit dem Hosenboden — wenn

* Noch heute nehmen Jäger und Trapper, die in den hohen Norden Kanadas reisen, mit Vorliebe diese indianische Konserve mit, denn sie ist wegen ihres hohen Fettgehaltes in der eisigen Kälte Kraft- und Wärmespender für den Körper. Und heute wie vor hundert und zweihundert Jahren heißt sie bei Weißen und Roten »Pemmikan«.

sie einen hatten — wie in einer schräg aufgehängten Hängematte immer zwischen zwei Stangen von der Spitze des sechs bis sieben Meter hohen Zeltes herunter auf den Boden, die Krieger zogen die Stangen fort und das luftige Haus fiel klatschend in sich zusammen. Nun brauchten nur noch die Pflöcke aus dem Boden gezogen zu werden, mit denen die Büffelhäute an der Erde befestigt waren.
Die Shawanos wohnten damals nördlich des Ohio, und jede Reise über den Fluß nach Süden galt als Kriegszug, obwohl in Kentucky erst sehr wenig weiße Ansiedler wohnten und obwohl dieses Land von den Shawanos immer als ihre eigentliche Heimat, als ihr Wohn- und Jagdgebiet betrachten wurde. Auf solche Züge nahmen die Indianer nicht nur ihre Frauen mit, sondern auch die Knaben, damit sie recht viel sahen und lernten und sich so früh wie möglich darauf vorbereiteten, Krieger und Männer zu werden. Nur auf einen Zug gegen Weiße nahm man sie nicht mit, und da Tecumseh die Männer der Sippe wahrscheinlich gegen die fremden Eindringlinge zu sich gerufen hatte, so sollten nicht nur die Knaben, sondern auch die Frauen über den Ohio in ihr Heimatdorf zurückgehen.
Eine Stunde später war die Lichtung leer. Ein Pfeil hatte vor dem Aufbruch versucht, Läläschikah dazu zu bewegen, mit nach Süden zu kommen, aber der Häuptling hatte mit kaltem Blick und ohne sich um die Zuhörer zu kümmern, laut und kühl erwidert:
»Der den Fluß hinaufgeht ist der Häuptling; er folgt nicht, wenn ein junger Hund in den Wäldern bellt.« Nach diesen Worten bestieg er sein Pferd und ritt nach Norden davon, gefolgt von den Frauen und Kindern. Die Pferde zogen auf den Zeltstangen das ganze Gepäck und die Beute des letzten Monats mit sich fort, die Frauen und Knaben gingen zu Fuß nebenher, nur einige der Mädchen ritten. Manch ein besorgter Blick flog zu den Kriegern, die zurückblieben: würde man sie wiedersehen?
Als die letzten Nachzügler dem Auge entschwunden wa-

ren, wandte sich Ein Pfeil wortlos ab und schritt den Bach aufwärts. In langer Reihe folgten die anderen. Schneller Mund und ein zweiter Krieger waren als Späher vorangeeilt; solange sie nicht Auffäliges meldeten, war keine Veranlassung zu übertriebener Vorsicht. Aber die Männer beeilten sich, von Ungeduld und den fordernden Zeichen Tecumsehs angetrieben, über die Gelber Wolf und Bärenkind auch jetzt noch immer wieder von neuem berichten mußten –.

Man stellt sich allzu gern vor, daß solch ein Kriegsmarsch unter tödlichem Schweigen vor sich ging. Aber man macht sich dabei eine falsche Vorstellung von der riesigen Ausdehnung jener Wälder, Prärien und Parklandschaften Nordamerikas, die damals die Grenze des von den Weißen besiedelten Landes bildeten. Ein viel besserer Schutz als die größte Vorsicht war ja die Menschenleere jener ungeheuren Landschaftsräume. In der stillen Unberührtheit der tannendunklen Waldtäler, in der klaren Ferne der meilenweiten Prärien war zudem dem geübten Auge des indianischen Jägers das Verhalten der Tiere das sicherste, untrügliche Zeichen dafür, ob andere Menschen in der Nähe waren.

Um die Mittagszeit trafen die vorausgesandten Späher mit zwei anderen Indianern wieder bei der Spitze ein; die Schar hatte um diese Zeit etwa zwanzig Kilometer zurückgelegt. Sofort sammelten sich alle Krieger um Ein Pfeil und die vier Neuangekommenen. Die Männer sahen, daß Tecumseh, den sie zu sehen erwartet hatten, nicht da war, aber keiner fragte. Sie hatten seine Boten vor sich, Kish-kalwa und Peta-Kuta, seine beiden Freunde, die ihn auf allen seinen Reisen begleiteten, und man wollte hören, was sie wußten. »Wir sahen vier Feuer des Fliegenden Pfeils gegen Mittag. Er jagt am Salzfluß. Wir gaben das Zeichen weiter, und die Krieger des Shawanos sind da. Laßt uns zu Tecumseh eilen.«

Das war alles, was Kish-kalwa sagte. Er hatte sofort bemerkt, daß Lälaschikah fehlte und daß Ein Pfeil der

Führer der Schar war, aber er fragte nicht nach dem Grunde. Das würde man ihm schon noch erzählen. Peta-Kuta, sein Gefährte, war nicht so zurückhaltend; er konnte seine Neugier nicht bezähmen, und so sagte er: »Die Shawanos sollten warten, bis Lälaschikah von der Jagd zurück ist. Der Häuptling mag entscheiden, was geschehen soll.«

Kish-kalwa zuckte mißbilligend mit dem Augenbrauen, richtete dann aber doch auch seine dunklen Augen fragend auf Ein Pfeil. Der sagte leichthin:

»Der den Fluß hinaufgeht führt die Frauen nach Chillicothe zurück. Wir gehen weiter nach Süden. Tecumseh ist der Krieger, auf dessen Wort Ein Pfeil hört.«

Peta-Kuta stieß einen Ruf des Erstaunens aus, während Kish-kalwa ein besorgtes Gesicht machte. Die Häuptlinge der Shawanos waren Gegner Tecumsehs, und seit Cornstalk tot war, hatte er keinen Freund mehr unter ihnen. Sie mochten ihn alle nicht, denn er hatte zu viele Anhänger.

Ein Pfeil sagte abweisend:

»Tecumseh ist im Lande, in dem die weißen Männer jagen. Wir wollen ihn nicht warten lassen.«

Zustimmend nickte Kish-kalwa; er überließ Ein Pfeil die Führung, denn der war der ältere von ihnen. Kish-kalwa war seit dem Frieden von Chillicothe Häuptling, Ein Pfeil war es nicht, aber Kish-kalwa war zu klug und zu höflich, um den Vorantritt zu beanspruchen.

Kurz bevor es dunkelte, traf die Schar in der Gegend ein, die Tecumseh durch sein Signal bezeichnet hatte. Natürlich war er – genau so wenig wie am Mittag Kish-kalwa – nicht an derselben Stelle geblieben, von der aus er die Rauchzeichen abgegeben hatte. Die Bedeutung solcher Zeichen wurde vor jedem Zuge neu vereinbart, so daß ein Fremder nie wußte, was die Qualmsäulen bedeuteten. Nur eins wußte jeder, der solche Signale sah: dort waren Indianer, die Zeichen gaben. Und da man diese Rauchfahnen auf sehr weite Entfernung sehen konnte, verhielten sich die Indianer, die auf ihren Kriegszügen manchmal von überraschendem Leichtsinn waren, bei solchen Signalen sehr vorsichtig.

Als die Schar an den Rand des Waldes kam, der sich bis auf wenige hundert Meter Entfernung an den Salzfluß heranzog – die weißen Leute nannten ihn damals und nennen ihn heute noch den Licking River –, ließ Ein Pfeil seine Leute sich auf einer kleinen Lichtung lagern. Dann rief er Gelber Wolf und Bärenkind zu sich heran und sagte ihnen, sie sollten mit ihm auf die Suche nach Tecumseh gehen. Das war eine Auszeichnung, und die beiden jungen Leute strahlten.

Gelber Wolf trug den Feuerbehälter auf dem Rücken, den zu bewahren sonst die Sache von Ein Pfeil war. Der junge Krieger hatte den Baumstumpf keinen Augenblick aus der Hand gegeben, jetzt aber wollte er fragen, an wen er ihn weitergeben solle. Aber bevor er dazu kam, sagte Kish-kalwa:

»Der junge Krieger möge das Feuer an Schnellen Mund geben und uns dann folgen.«

Ein Pfeil lächelte befriedigt; Kish-kalwa hatte also gesehen, daß er Gelben Wolf ausgezeichnet hatte. Denn den Feuerbehälter gab man nicht einem Unerfahrenen in Verwahrung, und wenn ein junger Krieger wie Gelber Wolf ihn tragen durfte, so mußte Ein Pfeil entweder sehr großes Vertrauen zu ihm haben, oder Gelber Wolf hatte eine besondere Tat vollbracht.

Gelber Wolf eilte in langen Sätzen zu Schneller Mund, gab ihm den Behälter, und wartete dann noch, bis der Ältere sich davon überzeugt hatte, daß das Feuer in dem Stumpf auch noch glühte. Der beeilte sich nicht sonderlich, und der junge Shawano stand wie auf Kohlen. Er wußte, daß Kish-kalwa und Ein Pfeil nicht auf ihn warten würden, und sie dann bei der, inzwischen hereingebrochenen Dämmerung zu finden, war gar nicht einfach. Schneller Mund aber war wie jeder Indianer der Ansicht, man dürfte den jungen Leuten ihre Aufgabe nicht zu leicht machen. Je länger er den Jungen hier festhielt, um so schwerer würde er die Vorausgegangenen finden – und nur durch Übung wird man ein guter Krieger.

Endlich aber konnte der Junge davonlaufen. Er hetzte über die kleine Lichtung bis zu der Stelle, wo Kish-kalwa mit den anderen verschwunden war. Aber wie nun weiter? Er suchte ein wenig und atmete auf: da lag ein frischer Zweig, in der Mitte eingeknickt und so gelegt, daß der Knick in eine bestimmte Richtung wies. Bärenkind war ein guter Kamerad.

Er drang in den Wald ein; hier war es so dunkel, daß kaum etwas zu erkennen war. Aber er ging vorwärts in der Richtung, die der Zweig ihm angegeben hatte. Nun stieß er auf drei schwach glühende Punkte auf dem Boden, er bückte sich nieder und erkannte faulende Holzstückchen, die in der Dunkelheit phosphoreszierten. Sie waren im spitzen Winkel gelegt, so daß die Spitze wieder in die gleiche Richtung zeigte, wie vorhin der Zweig. Gelber Wolf lief. Er kam an einen Bach, und hier fand er einen armdicken Ast über den Wasserlauf gelegt, er zeigte dieselbe Richtung an wie die erste Zeichen. Sie waren nach Süden gegangen. Er eilte weiter; plötzlich war ihm, als höre er einen leisen Vogelschrei. Er blieb stehen und lauschte. Da war es wieder: ganz leise, der Schrei des Kriegsadlers. Er lächelte, denn der Adler schreit nicht am Abend. Das war das Zeichen. Er lief wieder und blieb dann stehen. Jetzt gab er den Schrei zurück. Sofort bekam er Antwort, leise und unterdrückt. Nun eilte er weiter, und da war ihm, als sehe er einen kleinen glühenden Punkt in der Luft einen Kreis beschreiben, immer einen Kreis. Entsetzt blieb er stehen. Das war böser Zauber in der Nacht. Er hielt die Hand auf sein Herz. Was sollte er tun? Er versuchte es mit dem Adlerschrei, und er bekam Antwort: ganz leise, aber viel näher als vorhin. Das Glühen erlosch, eine Gestalt kam auf ihn zu und er erkannte Bärenkind. Der hielt ihm die geöffnete Hand vor die Augen:

»Ich fand dieses Medizin-Holz und brach es in Stücke.

Hast du meine Zeichen gesehen? Eines behielt ich und machte Kreise in der Luft. Komm schnell«, flüsterte er und zog ihn an der Hand rasch mit sich fort.

»Kish-kalwa fragte: warum trug Gelber Wolf das Feuer? Ein Pfeil antwortete ihm, daß du mit Bärenkind die vier Feuer auf dem Berge gesehen hast«, erzählte Bärenkind im Laufen seinem Freunde.

»Was sprach Kish-kalwa?« fragte erfreut der andere.

»Er sprach: Es ist gut.«

Sie liefen und schwiegen. Jeder dachte dasselbe. Kish-kalwa wußte nun also, daß sie es gewesen waren, die seine Rauchzeichen gesehen und erwidert und daß sie ihre Sache gut gemacht hatten. Schließlich sprach Gelber Wolf die Frage aus, die beide bedrängte:

»Glaubt Bärenkind, daß Kish-kalwa ihm berichten wird?« Er nannte keinen Namen, aber der Gefragte wußte genau, wer mit »ihm« gemeint war.

Eine Zeitlang kam keine Antwort; sie hatten die beiden älteren Männer fast erreicht, da hielt Bärenkind den Kameraden zurück.

»Ein Pfeil liebt dich«, flüsterte er hastig. »Wenn Kish-kalwa nicht spricht, bitte Ein Pfeil, er möge reden.« Der andere nickte nur; sie hatten die Männer erreicht, die vorausgegangen waren, und sie mußten nun schweigen.

Die beiden Älteren hatten mit Genugtuung bemerkt, daß Bärenkind seinem Freunde das Nachkommen erleichtert hatte, ohne daß sie sich jedoch etwas anmerken ließen. Sie waren auch langsamer gegangen, als nötig gewesen war. Niemals vergaß ein Indianer, wie wichtig für die jungen Leute der erste Kriegszug war. Jeder ältere Krieger suchte ihnen Gelegenheit zu geben, sich auszuzeichnen, ohne daß man sie doch vor zu schwere Aufgaben stellte. Auf Schritt und Tritt nahm man Rücksicht auf sie, suchte jedoch zu vermeiden, daß die Jünglinge das erkannten. Gelber Wolf, dessen Vater in der Schlacht am Großen Kanawha gefallen war und ihm also nicht mehr selbst zeigen konnte, was ein großer Krieger alles wissen muß, wurde ganz be-

sonders scharf beobachtet und fand in Lagen, die er allein nicht bewältigen konnte, immer Hilfe.
Unmerklich gingen die Älteren nun schneller, bis sie an den Rand des Waldes gelangt waren. Vor ihnen fiel die baumlose Ebene gegen den Licking River ab, dessen breites Band in einiger Entfernung matt glänzend in der Landschaft lag. Nur einzelne Bäume standen zwischen ihnen und dem Fluß. Ein Pfeil wollte in das Freie treten, in dem erst halbe Dämmerung herrschte, aber Kish-kalwa hielt ihn zurück. Lächelnd wandte er sich den beiden Jüngeren zu:
»Werden meine jungen Brüder den Fliegenden Pfeil finden, der uns gerufen hat?«
Die beiden schwiegen und sahen ihn an. Ein Pfeil hatte sich nun auch ihnen zugekehrt und wartete.
»Das vierte Feuer sagte, daß Tecumseh am Flusse sein würde. Dreimal wurde der Rauch dicht, und dreimal verschwand er. Aber wir wissen nicht, wo der Häuptling der Shawanos ist. Werden meine jungen Brüder ihn finden?«
Da sagte Bärenkind entschlossen:
»Gleich wird Nacht sein. Wir müssen den Häuptling der Shawanos schnell finden. Hier sind keine Feinde, denn der Fliegende Pfeil wird uns nicht an einen Ort rufen, der nicht sicher ist.«
Eifrig wollte Gelber Wolf einfallen, aber Kish-kalwa winkte ihm, zu schweigen. Bärenkind hatte eine Pause gemacht. Nun holte er tief Atem, und sagte unsicher:
»Wir müssen uns offen zeigen, damit Tecumseh uns sieht — Nein«, verbesserte er sich, »nur Bärenkind und Gelber Wolf gehen hinaus. Die beiden Häuptlinge warten unter den Bäumen und sehen, was geschieht.«
»Ho, mein junger Bruder, so wollen wir tun«, sagte anerkennend Ein Pfeil. Und Kish-kalwa fügte hinzu:
»Siehst du die Schwarzfichte dort? Geht zu ihr, vielleicht, daß Tecumseh euch dort erwartet.«
Die große Fichte war der einzige Baum ihrer Gattung weit und breit. Wenn Tecumseh in der Nähe war, so stand er

in ihrem Schatten. Er mußte sich ja an irgendeiner auffälligen Stelle aufhalten, damit ihn die Seinen finden konnten. Was war dafür geeigneter als ein Nadelbaum inmitten von Laubbäumen?
Den beiden war nicht ganz geheuer zumute. Wohl war anzunehmen, daß Tecumseh den Treffpunkt nicht in eine Gegend verlegt hatte, in der es Feinde gab: wohl waren am Waldrande die beiden Männer jederzeit bereit zu helfen. Denn nur, um unversehens eingreifen zu können, waren sie zurückgeblieben. Aber konnten sie auch gegen die Nebelgeister helfen, die vom Flusse in grauen Scharen heraufdrängten?
Sie waren der Fichte auf etwa zwanzig Schritte nahe gekommen, als Gelber Wolf stehenblieb und den rechten Arm emporstreckte, die leere Handfläche nach oben gedreht, um zu zeigen, daß keine Waffe darin war. Er gab das Friedenszeichen. Da löste sich aus dem Schatten des Baumes auch schon eine Gestalt und ging auf sie zu. Ohne sein Erstaunen darüber zu zeigen, daß man so junge Leute nach ihm ausgeschickt hatte, sagte Tecumseh:
»Meine Brüder mögen mich führen.«

Durch die ziehenden Nebelschwaden, in denen die Erlen und Weiden am Ufer des Flusses stumm, grau und taubeschwert standen, huschen in langer Reihe braune Männer. Matt blinkt da und dort ein Büchsenlauf, eine Adlerfeder schwankte auf schwarzem Schopf, rotgefärbte Hirschschwanzwedel und bemalte Gesichter, leise Zurufe, dann wieder Stille ... Obsidianmesser und Tomahawk, Steinkeule und Schädelbrecher aus hartem Hickoryholz, Knochenbogen und befiederte Pfeile tauchen auf, verschwinden ... schwarze Augen spähen für einen Augenblick durch das nasse Laub auf den Fluß hinaus oder in den Aferwald hinein ... Die Strömung des Licking River zieht und gurgelt, und erschreckt rauscht plötzlich eine Schar Wasservögel aus dem Schilf auf und fliegt über die quirlend dahinziehende Wasserfläche.

Der Wind beugt die Weiden und Erlen, der Tau fliegt wie stäubender Regen auf, alte Äste knarren, und die Nebelfetzen hängen im Windschatten der Bäume wie wehende, weiße Fahnen über den Fluß hinweg.
Eilig, verstohlen und still huscht die Rothaut das Ufer hinab ... Jagd auf den weißen Mann, Jagd auf Grenzerschopf und Bauernblut, auf Jägerskalp und blasse Haut ... Tecumseh führt, der junge Adler der Shawanos, der Fliegende Pfeil – vom Totem Mse-passe, des Berglöwen.
Folgt Tecumseh, ihr Krieger vom Orden der Hunde – wo Tecumseh ist, ist Ruhm, Ehre, Auszeichnung, wo Tecumseh ist, ist Gefahr und Sieg – folgt dem heißblütigen Berglöwen, der sich zum Sprunge anschickt, sein Totem ist Mut, sein Blick ist Stolz, seine Faust ist Erfolg ...
Wollt ihr den spöttischen Blick hohnvollen Tadels aus den dunklen Augen auf euch ruhen sehen oder das warme Aufblitzen der Anerkennung? Gebt euer Bestes her, heute habt ihr eine Möglichkeit – verderbt ihm seine Pläne nicht, achtet auf das Zucken seiner Augenbrauen, erratet, was er will ... mehr als alle Auszeichnungen des Stammes, mehr als die zweimal gespaltene Adlerfeder ist seine Freundschaft wert. Wer möchte nicht zu denen gehören, die Tecumseh liebt?
Er hatte ihnen kurz gesagt, was er wollte, jedes Wort saß. Die Faust umklammert den Griff der Waffe, alle Sinne sind gespannt, das Herz klopft. »Nanabozho ist mit uns«, Tecumseh hatte es gesprochen, es war wie ein glühender Pfeil in ihre Brust gefahren.
Sie sehen Nanabozho in jedem Nebelfetzen, in jedem düsteren Baumschatten, sie hören seine leisen Worte im Schwirren der Bogensehnen, im Flüstern der Weide, im plätschernden Murmeln des Flusses ... Nanabozho, du Bezwinger der Unterirdischen, du Mörder Megissowons, hilf! –
Die Rothaut jagt in den finsteren und blutigen Gründen. Die Rothaut jagt ein mächtiges Wild. Wolf und Luchs, Puma und Kojote weichen mit gesträubten Rückenkamm

zur Seite, selbst Bär und Bison bleiben stehen, senken den Kopf und starren auf die huschenden, fliegenden Schatten.

Es stampft und zieht an den Fluß, das salzige Wasser der Ufertümpel lockt — Raubgebiß und Reißgebiß, Hundefuß und Katzenpranke, Büffelhorn und Elchgeweih — es schleicht und klappert in der dämmerigen Frühe, es springt und läuft heran von allen Seiten, aus den Sumpfniederungen, aus den Hainen und Parks des oberen Landes, aus den dunkelrauschenden Bergwäldern, aus den weiten Prärien und den feuchten Blaugras-Auen — aber wo die braunen Männer huschen, wo die glühenden Augen spähen, da stockt und staut es sich, da spielen ängstlich die Ohren, da ziehen prüfende Nüstern aufgeregt die fremde Witterung ein, da gibt ein Tier dem anderen die Warnung weiter: Die Rothaut jagt. Weicht zurück, steht still, duckt euch in Gras und Gebüsch. Das braune Zweibein jagt, das nach Büffelfett, nach Hirschfell und gebranntem Holz riecht . . .

Die Rothaut jagt. Aber nicht auf Bär und Büffel, nicht auf Wolf und Puma oder Elch und Hirsch. Kein Auge gilt dem Tier, kein Pfeil schnellt von der Sehne. Lautlos huscht es im windgewühlten Gehölz den Fluß hinab.

Pantherschnell, katzengewandt führt der junge Berglöwe; dicht hinter ihm wie seine Schatten gleichen Kish-kalwa und Peta-Kuta, die Treuen. Tecumseh hat Eile, aber er überanstrengt seine Leute nicht. Es ist noch weit bis zum Lager der weißen Salzsieder.

Und während er durch das vom Tau klatschnasse Weidengebüsch huscht, während sein Auge den besten Pfad sucht und seine Faust den schweren Tomahawk fest umschlossen hält, überlegt er wieder und wieder seinen Plan. Es muß glücken, es wird glücken... Er wird die dreißig Langmesser gefangen nehmen, er wird sie nach Chillicothe führen, und dann wird er wiederkommen, nicht mit hundert oder zweihundert Kriegern — dann werden ihm tausend Männer folgen, dann wird er in einem einzigen

Ansturm die drei Siedlungen der Grenzer in Schutt und Asche legen, und Kentucky wird frei sein ... Er wird den ganzen Stamm, das ganze Volk der Shawanos zusammenrufen, sein Erfolg wird die Lenape und die Miamis mitreißen ... Und dazu ist es nötig, daß er die Grenzer dort an den Blauen Lecken fängt und sie seinem Stamme zeigt. Dann werden sie ihm glauben und folgen ... So denkt Tecumseh der Berglöwe.
Er läuft voran, im Indianertrab: hundert Schritte laufen, hundert Schritte gehen. Schon die Knaben lernen diesen Gang. Das schont die Muskeln und Kräfte. Kein Weißer könnte so laufen; darum werden die Blaßgesichter auch schnell müde.
Plötzlich fällt ein Schuß. Der Wind trägt den Knall herüber. Es ist gar nicht weit vom Ufer weg. Wie Standbilder stehen die Shawanos. Einen Augenblick nur überlegt Tecumseh, dann wendet er sich zu Kish-kalwa und Peta-Kuta, einige Worte, dann läuft er schon am Waldrand hinauf, vom Flusse fort. Die Roten folgen, Peta-Kuta nur bleibt und wartet. Er zählt. Als zwanzig Mann an ihm vorüber sind, hebt er die Hand, hält die nächsten an. Ein Pfeil ist da, eine kurze Beratung, und schon sammelt er seine Leute am Ufer, Front gegen das Land, Rücken am Fluß, und versteckt sie im Weidengebüsch. Gleichzeitig huscht Peta-Kuta mit sechs Mann hinter Tecumseh her.
Daniel Boone kniet vor dem ausgeweideten Tier, er hatte die blutige Arbeit gerade beendet und sah durch die Zweige des Busches prüfend über die Ebene, die sich sanft zu dem breiten Flusse hinabsenkte. Das Gelände war leicht zu übersehen: dünnes Gras, da und dort ein Busch, ein paar Fichten, nur unten am Ufer Erlen und Weiden und mitten unter ihnen eine riesige Platane, die ihre Umgebung überragte. Der alte Grenzer wischte sorgfältig sein Messer vom Blut rein. Die lange Büchse lag griffbereit und schon wieder geladen über den Leib des Hirsches gelehnt. Es war ein mächtiges Tier.
Der Jäger verharrte lange Minuten regungslos und horchte

gespannt nach allen Seiten. Das war eine Gewohnheit, die er von seinem Freunde Jean Martin übernommen hatte. Oft genug war Boone von seinen Gefährten wegen seiner »lächerlichen Vorsicht« ausgelacht worden. Mochten sie! Er und der Franzose – sie trugen alle beide noch ihren echten Skalp; manch einer von den Lachern aber war nicht mehr imstande, ihn zu verhöhnen. Wer mochte wissen, wo sein Gerippe bleichte!

Aber alles Horchen nützte heute nicht viel. Zu unruhig war es im Walde; der Wind, der draußen auf der Prärie kaum zu spüren war, brauste, pfiff und peitschte hier am Waldrande, daß es nur so eine Art hatte. Schließlich steckte Old Danny das Messer in den Gürtel, lehnte die Büchse an einen Ast, packte den Hirsch an den Hinterbeinen und legte sich die Last auf die Schultern. Dann stand er langsam auf, griff zu seiner geliebten, alten Büchse und schritt in den Wald hinein, an dessen Rand er seine Beute erlegt hatte.

Es war ein Umweg, wenn er hier entlangschritt, aber es war sicherer. Zwischen den ersten Bäumen und ihrem Unterholz war er von der Ebene aus nicht zu sehen; und wenn ein paar Indianer etwa aus dem Wald auf ihn zutappten, so wollte er schon aufpassen, daß er sie zuerst sah. Zwar hatte er schon wochenlang keine Indianer gesehen. Aber Daniel Boones Vorsicht schlief nie. Er hatte vor, bis an den Fluß zu gehen und dann die kleine Strecke bis zu dem großen Walde im Westen im Schutz der Weiden und Erlen am Ufer zu schreiten, um erst dort wieder auf das hohe Land hinaufzugelangen. Einen Augenblick lang überlegte er sogar, ob er nicht tiefer in das Waldinnere hineingehen sollte. Dort konnte man sich wieder darauf verlassen, daß die Ohren es einem gemeldet hätten, wenn sich etwas Verdächtiges rührte. Er stand einige Zeit still und horchte. Er war unschlüssig. Und nun bog er doch in den Wald hinein. Besser einen noch größeren Umweg machen als leichtsinnig sein.

Aber Tecumseh war noch vorsichtiger. So erfahren und

geübt war der junge Indianer, daß er die Entfernung bis zu dem Schützen fast bis auf den Meter genau abschätzen konnte.

Er hielt rechzeitig an und sandte seine Krieger zu einer Umzingelung aus, befahl ihnen aber, sich außerhalb Hör– und Sichtweite zu halten. Daniel Boone war vom Waldinnern aus dem Halbkreis umstellt, lange bevor er mit dem Ausweiden seiner Beute fertig war, lange auch, bevor Tecumseh selbst wußte, ob er einen Freund oder einen Feind vor sich hatte. Tecumseh selbst war ganz allein weiter vorgedrungen, so weit, daß er den weißen Jäger genau beobachten konnte. Als er erkannte, wen er vor sich hatte, brannte ein wilder Ehrgeiz in ihm auf: Da kniete der berühmteste der weißen Grenzer, der schlaueste von allen, der beste Schütze westlich des Gebirges, der Mann, von dem er wilde Sagen sogar bei den Sioux und den Schwarzfüßen fern am Minischosch, unter den Eishäuptern des Felsengebirges gehört hatte, der Mann, der den Shawanos, den Miamis und den Lenni Lenape wie ein gewaltiger Walddämon erschien oder wie ein Sohn der Anamaqhiu, die unter der Erde wohnen und Nanabozhos Feinde sind.

Aber Tecumseh hatte keine Furcht vor Blutdämonen und nicht vor Wald und Nebelgeistern; er fürchtete auch die Unterirdischen nicht. Tecumseh sah in Daniel Boone nur jenen Mann, der als erster Weißer die ungeheuren Reichtümer Kentuckys gesehen hatte, der aus dem Lande jenseits der Berge hierher gekommen war, um den Indianern die Wald– und Wildheimat zu stehlen. Der dort war es, der die ersten Weißen hierher geführt, der das erste weiße Dorf im »Lande des grünen Rohrs« gegründet hatte – in diesem Lande, das den Shawanos gehörte, das ihnen Nahrung, Kleidung, Wohnung und Leben gab.

Tecumseh dachte zurück. Daniel Boone war ihm entgangen, als er, kaum zwanzig Jahre als, seine ersten beiden Weißen getötet hatte. Das war lange her – damals hatten die »finsteren und blutigen Gründe« noch seinem

Stamme gehört, damals konnte man noch unbesorgt auf den Auen und Prärien, zwischen Busch und Wald und Wasser herumschweifen, ohne daß aus dem wispernden Grase plötzlich ein Feuerstrahl fuhr. Später war das anders geworden. Und der da war schuld daran.
Der da war auch schuld daran, daß die Schlacht am Großen Kanawha zur Niederlage geworden war. An allen Ratsfeuern der Indianer wußte man, wie Daniel Boone das Glück jenes Tages in seine Hand genommen hatte. Tecumseh lag dicht an den Boden gepreßt; düstere Gedanken gingen durch sein Gehirn. Die dunklen Augen aber spähten kalt durch das Gebüsch. Der Shawano wußte genau: wenn Daniel Boone ihn sah, war er verloren.
Es dauerte lange, bis der weiße Mann fertig war. Aber Tecumseh rührte sich nicht. Er lag nur achtzig Schritte von Daniel Boone entfernt, und er lächelte höhnisch, als er sah, wie der sich aufrichtete und horchte. Der Wald war unruhig. Regungslos preßte er sich an den Boden; er lauerte, er war bereit, aufzuspringen, vorzulaufen, zuzuschlagen. Der junge Berglöwe konnte sich auf seine Indianer verlassen ...
Als Daniel Boone sich endlich aufrichtete und dem Flusse zuschritt, loderte eine wilde Freude in dem Indianer hoch. Das war, als lenke Nanabozho die Schritte des weißen Mannes! Der ging in die Falle, ahnungslos wie nur je ein Wild sein konnte; er war schon drinnen und wußte es noch nicht.
Tecumseh richtete sich halb auf und wandte sich um. Hundert Schritte hinter ihm tauchte eine braune Hand aus dem Laub eines Baumes und verschwand sofort. Der Indianer lächelte grimmig. Dann führte er fünfmal die geballte Faust schnell von oben nach unten. Das hieß: alle Krieger. Dann die flache Hand waagerecht von rechts nach links, dort, wo der Fluß war; das bedeutete: am Flusse warten. Die braune Hand tauchte wieder auf und winkte. Wenige Augenblicke später schwankte,

weit entfernt, ein Zweig im Unterholz: der Bote lief. Boone war schon weit. Tecumseh stand da und hob den rechten Arm. Weit hinten im Walde sprangen ein paar Gestalten hoch, kamen herangeschlüpft: Kish-kalwa mit acht Leuten. Den Waldrand entlang huschten andere. Tecumseh winkte, dann eilte er dem Grenzer nach.
Gerade rechtzeitig sah er noch, wie Daniel Boone in das Innere des Waldes hineinschritt. Einen Augenblick nur stutzte der Indianer. Aber er wußte ja, wo das Lager der weißen Leute lag, sicher gehörte »die lange Büchse« (so hieß Boone bei den Roten) zu ihnen. Und damit, daß er die ersten dreißig Schritte am Waldrand entlanggegangen war, hatte er sich ja verraten ... Tecumseh erriet sofort den Grund; er selbst hätte es nicht anders gemacht, in einer Gegend, in der man auf Feinde stoßen konnte ... Aber der Shawano lächelte. Er war nicht mehr der junge Mann, der sich von Mitschi täuschen ließ.
Er ließ Daniel Boone mit seiner Last in den Wald gehen, und als er so weit fort war, daß er den Waldrand nicht mehr beobachten konnte, lief Tecumseh mit seinen Leuten in langen Sätzen zum Fluß hinunter. Als Ein Pfeil ihn heranrennen sah, trat er aus seinem Versteck, Tecumseh machte eine Armbewegung und lief, ohne anzuhalten, in der alten Spur, die sie vorhin herabgekommen waren, flußaufwärts. Überall erhoben sich aus Büschen und Mulden die Shawanokrieger, er winkte, und sie folgten.
Der Abstieg zum Fluß war für Boone nicht einfach: Zwei Zentner auf den Schultern, ein Gewehr in der Hand und dann noch möglichst lautlos gehen — das war keine Kleinigkeit. Nun darf man sich die Vorsicht des Jägers auch nicht übertrieben groß vorstellen. Natürlich trat er nicht auf einen trockenen Ast, der krachend unter dem Tritt zerbrochen wäre; natürlich ging er möglichst durch dichteres Unterholz, das ihn nach alle Seiten deckte — aber monatelang hatte er beinahe täglich weite Streifzüge gemacht; er war in den letzten Jahren den Cumberland

River, den Kentucky, den Ohio auf und ab gewandert und in dieser Zeit vielleicht fünf- oder sechsmal auf Indianer gestoßen. Die ungeheure Weite des Landes schützte nicht nur die Roten; sie schützte auch den weißen Mann. Und der Unterschied zwischen Boone und den anderen Grenzern war vor allem der, daß sie sich fast nur auf die Leere der Landschaft verließen, während er außerdem seinen Verstand und seine Vorsicht gebrauchte.
Aber deshalb war er doch nicht ängstlich. Und so schritt er in aller Ruhe durch den Wald. Und als sich jetzt der Boden zum Flusse hinabsenkte, da stand er einen Augenblick still und nahm das Bild in sich auf, das sich ihm durch die Stämme der Bäume bot: die Weiden am Ufer, wenige Meter unter ihm die breite Wasserfläche, drüben das im Winde wogende Blaugrasfeld und dahinter die bewaldeten Höhen, die sich am Horizont verloren.
Es war ein heller, strahlender Morgen. Und Daniel Boone stieg beutebeladen, selbstbewußt und bescheiden in die Tiefe. Der Abstieg war beschwerlich, er mußte achtgeben, daß er nicht ins Gleiten kam. Aber schließlich war er unten und tauchte aufatmend in das Ufergebüsch. Er ging wenige Schritte in das Gewirr hinein, drängte sich mit Gewalt durch die Zweige, plötzlich aber sank er in die Knie – da war eine Indianerfährte, eine ganz frische, deutliche Fährte, kaum eine halbe Stunde alt – die Fährte einer großen, starken Schar, die den Fluß hinabgewandert war.
Hatten sie seinen Schuß gehört? War er schon in der Falle? Lautlos ließ er den Hirsch zu Boden gleiten – und plötzlich erschauerte er. So abgehärtet Boone auch war, das war selbst für ihn zuviel:
Er fühlte eine kühle, harte Hand von oben in seinen Kragen gleiten, sie faßte fest in den Stoff, und er glaubte ein hohles, leises Pfeifen wie von einer herabsausenden Waffe zu hören, er wollte sich zur Seite werfen. Eine Stimme sprach:

»Die Lange Büchse ist der Gefangene der Shawanos. Der weiße Mann möge sich nicht wehren.«

Nun rauschte es in den Weiden, nun brauste es gellend auf. Adlerfedern und Tomahawks, von allen Seiten rannten wilde Gestalten auf den knienden weißen Mann zu. Es schrie und heulte dem alten Jäger um die Ohren ... Und da zeigte Daniel Boone, wer er war. Was half hier Gegenwehr! Mac Affe, John Harrod, Tommy Floyd – die hätten um sich geschossen, gestochen, gehauen und geboxt. Aber Boone bezwang die angstvolle Rauflust. Er verlor die Besinnung nicht.

Er schloß für einen kurzen Augenblick die Augen. Seine Tochter, seine Söhne, seine Frau standen vor seinem Blick, er schauerte – dann sah er auf, ließ sein Gewehr fallen und richtete sich langsam auf. Er sah sich um: mindestens hundert Indianer umstanden ihn dicht gedrängt, haßerfüllt und doch begeistert. Die Hand in seinem Nacken ließ ihn los. Als er sich umwandte, stand er Tecumseh gegenüber. Daniel Boone erkannte ihn sofort. In den Augen des Indianers loderte schwarzer Haß. Er hatte den schlimmsten Feind seines Volkes in seiner Gewalt. Der da war es, der die weißen Männer in dieses Land geführt hatte ... und der Dämon der Rache, der im Blute Tecumsehs kochte, schrie nach Vergeltung, nach Vernichtung dieses Lebens. Wenn der da tot war, wenn man seinen Skalp vor den Schanzdörfern der weißen Leute zeigte, dann würde auch die Kühnsten von ihnen der Mut verlassen ... Wer konnte hoffen, dem roten Manne zu entgehen, wenn sogar Daniel Boone seiner Kopfhaut beraubt worden war!

Die beiden Männer starrten sich an, der waffenlose weiße Jäger, der sein Gewehr hatte fallen lassen, der allein war unter hundert Feinden, und der schwer bewaffnete Indianer, der auf seiner Stirn in schwarzer und grüner Farbe die düsteren Zeichen des Krieges trug und einen ganzen Stamm hinter sich hatte. Die Shawanos waren stumm geworden; was würde ihr Häuptling tun?

Tecumseh blickte suchend in die Augen seines Gegners. Sie waren groß, ruhig und gelassen. Es war kein Hochmut in ihnen, keine Herausforderung, aber auch keine Furcht. Aber es lag viel Vertrauen in ihrem klaren Blick, als wollte der Weiße sagen: ich weiß, wer du bist. Du schlägst mich nicht nieder wie einen tollen Hund.

Der Indianer sah die Büchse des Grenzers auf dem Boden liegen; er atmete tief auf, als erwache er plötzlich. In den Augen seiner Krieger war mehr Neugier als Wut zu lesen. Warum auch? Es war niemand von ihnen gefallen oder auch nur verwundet worden. Und sie hatten einen großen Feind gefangen. Sie empfanden beinahe schon eine Art von Zuneigung zu diesem weißen Mann.

»Tecumseh ist ein Shawano«, sagte da der Rote laut. »Er hat die Hütte des weißen Händlers am Strome der Shawanos nicht vergessen. Im Lande der weißen Leute ist der Springende Berglöwe wie andere Männer. Hier bin ich Häuptling. Die Lange Büchse ist in meiner Hand. Der Berglöwe hat nicht vergessen, der Berglöwe wird die Lange Büchse schützen.«

Er hatte die Worte in der Sprache seines Stammes gesprochen. Und auf Englisch fügte er hinzu:

»Du hast mir meine Ehre wiedergegeben, als das brennende Gift meinen Magen verbrannt hatte, so daß ich die Felle eines ganzen Winters für einige Flaschen Feuerwasser verschenkt hatte. Du hast mit dem weißen Händler gesprochen, so daß er uns die Felle wiedergab. Tecumseh hat nicht vergessen, Tecumseh rettet dein Leben.«

Daniel Boone verstand zuerst nicht, was der Indianer meinte. Dann aber fiel ihm wieder ein, daß der Shawano schon in Fort Pitt geglaubt hatte, er habe dem Quäker Dawson geraten, den Indianern die Felle zu ihrem wahren Werte abzukaufen, während es doch Jean Martin gewesen war, der den Händler dazu bewogen hatte. Der alte Grenzer senkte ein wenig beschämt das Haupt. Und

doch blitzte es ihm gleichzeitig durch den Kopf: »Wie gut, daß mich Jean Martin damals daran gehindert hat, diesen hier aufzuklären. Wer weiß, ob ich heute sonst Aussicht gehabt hätte, lebend davonzukommen.«
Das war nicht sehr groß gedacht, aber es war menschlich. Er hatte ja nicht einmal gelogen — er hatte nur geschwiegen. Und sollte er Tecumseh etwa *jetzt* aufklären? Sollte er ihm sagen, daß gar kein Grund zur Dankbarkeit bestehe?

*

Zwei kurze Gräben, jeder vier Fuß tief und zweieinhalb Fuß breit — das war die ganze Sud-Anlage. Zwölf Mann fällten Bäume und zogen sie mit Stricken und Seilen heran, vier Mann zerkleinerten die Stämme zu Feuerholz und stapelten die Scheite zu hohen Stapeln auf, zwei Mann versorgten die Feuer unter den Kesseln, vier Mann die Kessel selber, und zwei weitere schöpften die Salzsole aus dem Brunnen.
Keiner hatte die Arbeit eingeteilt, jeder hatte sich zu der gefunden, die ihm am meisten zusagte. Und hatte er genug vom Kesselsäubern und vom Salzschaufeln oder vom Heraufwinden der Ledereimer mit dem salzhaltigen, trüben Wasser aus dem etwa zwanzig Fuß tiefen Schacht, so sagte er es einem Kameraden, und man wechselte den Stand. Einige lagen auch faul im Schatten zwischen den Büschen und schliefen, andere buken Brot auf flachen Tonschalen oder kochten Fleisch im heißen Feuerloch.
Die zwölf großen Kupferkessel waren das kostbarste Eigentum der Siedlung Boonesburg am Kentucky, und die Männer, die hier am Licking River Salz sotten, waren alte Bekannte: Der lange Floyd und der Ire O'Hara waren dabei, der alte und der junge Thornton, Dick Calloway und der Deutsche Bowman, der eigentlich Baumann hieß.
Die Männer hatten die Feuergräben gerade so breit ge-

macht, daß die Kessel auf beiden Rändern eine Stütze fanden. Unter jedem brannte ein Holzfeuer, und im Kessel kochte die Salzlake. War genügend Wasser verdampft, so wurde aus dem Brunnen neue Sole nachgefüllt, bis der weißliche Satz am Boden und an den Wänden dick genug war. Dann mußte das Feuer unter dem Kessel zerstreut, der Kessel vom Graben gehoben, das harte Salz mit Holzkeulen und Messern abgeklopft und abgeschabt werden – und dann begann die Geschichte von neuem: Kessel auf den Graben, Feuer darunter, neue Sole in den Kessel – und inzwischen war der nächste große Behälter schon wieder so weit, daß man ihn leeren mußte. –

O'Hara hielt mit der Linken den glühendheißen Kessel, die Hand durch einen riesigen »Topflappen« geschützt, der aus dem durchlöcherten, abgeschabten Fell eines alten Fuchses bestand. In der rechten Hand hatte er eine hölzerne, indianische Kriegskeule – wer weiß, welchem Roten er sie abgenommen hatte! – und mit diesem Mordinstrument klopfte er die Innenwand des Kupfergerätes ab. Der Kessel dröhnte wie ein ungeheurer Gong, und es machte dem Iren Spaß, verschiedene Töne hervorzulocken.

Am zweiten Graben war der junge Thornton mit derselben Arbeit beschäftigt, und jeder von beiden versuchte, den anderen an musikalischem Empfinden zu übertreffen. Dazwischen klangen die schnellen, taktmäßigen Axthiebe der Holzfäller vom Waldrande her, ab und zu das dumpfe Krachen eines stürzenden Baumes, und auch die vier Holzhacker, die Feuerholz zerkleinerten, waren nicht müßig. Aber das Dröhnen der Kupferkessel übertönte alles andere.

»Kommt heraus, Tommy« rief der Ire. »Wir drehen den Kessel um.« Er nahm die Hand Floyds, die dieser ihm aus dem Graben herausstreckte. Dann kam Thornton heran und hielt einen großen ledernen Sack mit beiden Händen auf, Floyd und O'Hara hoben den Kessel und schütteten das dampfende Salz in den Sack.

Die Gefäße wurden wieder an ihre alte Stelle auf den Graben gesetzt, Tom Floyd sprang erneut hinein, legte auf die noch nicht erloschene, nur ein wenig auseinandergezogene Glut neues Holz, das O'Hara ihm reichte. »Dickie, hallo, Dickie – neue Sole ...!« rief der Ire.

»Komme schon«, brummte es vom Brunnen her, Floyd kletterte aus dem Graben, in dem das Feuer soeben wieder hochschlug, und warf nun von oben her einen Armvoll Holzscheite nach dem anderen in die Glut. Als Dick Calloway mit seinem Wassereimer kam und die Sole in den Kessel goß, war das Metall schon wieder so heiß, daß eine prasselnde, weiße Dampfwolke sich aus dem Behälter erhob; im Nu war das Wasser verzischt.

»Lauf Dickie« lachte der lange Floyd. »Lauf, sonst verbrennt der Kessel, und das Salz wird schwarz. Aber da war schon Bowman mit einem zweiten Ledereimer zur Stelle, den er sofort in das etwa drei Fuß breite Gefäß entleerte. Doch damit war die »Pfanne« noch längst nicht gefüllt, und die beiden mußten noch manchen Eimer der salzhaltigen Lake holen, bevor sie sich etwas Ruhe gönnen konnten.

Inzwischen waren Thomas Floyd und O'Hara schon dabei, einen weiteren Kessel ihres Grabens vom Feuer zu heben. Das war keine Kleinigkeit; die großen, glühendheißen Gefäße waren schwer zu handhaben. Aber es ging ja um Salz – und Salz war eine Kostbarkeit in Kentucky. Salz, Pulver und Eisen waren sündhaft teuer hier. Und man brauchte es doch wie das liebe Brot. Mit Salz konnte man nicht nur Fleisch und Fisch einsalzen und für den Winter konservieren, mit Salz konnte man auch das Wild an bestimmte Stellen im Walde locken, wo es dann leichter zu erlegen war. Mit Salz hielt man seine Pferde und Rinder, für die man ja keine Hürden bauen konnte, am Hause fest; die Tiere wußten genau, an welchen Tagen der Woche ihr Herr das heißbegehrte, rötliche Pulver an seiner Hütte auslegte.

Mit Salz konnte man aber vor allem Pulver kaufen, genauso gut wie mit Biberfellen und Hirschdecken. Und das Wild begann schon selten zu werden in Kentucky. Darum ließ man es sich nicht verdrießen und zog alljährlich einige Male zur Salzsud an den Licking River. Es machte mühselige Arbeit; aber Arbeit fürchtete man in Kentucky nicht. Und so arbeiteten die Männer an dem heißen Tage, wie sie es schon die ganze Woche getan hatten.

Gegen Mittag hatten die Holzfäller eine besonders starke Silberpappel gefällt; doch als sie versuchten, den Baum zum Feuerplatz zu schaffen, reichten ihre Kräfte nicht aus. Sie riefen mehrere ihrer Kameraden zu Hilfe, aber erst, als alle Mann sich davorspannten und mit Stricken und Seilen zu ziehen begannen, erst, als sie auch die vier Zugpferde angeschirrt hatten, bewegte sich der ungeheure Stamm, der noch fast alle seine Äste und Zweige hatte, langsam vorwärts.

Danach ließen sie sich nieder und wischten sich mit dem Ärmel den Schweiß aus der Stirn. Thomas Floyd saß auf dem Stamm, eine Hand in der Hosentasche, in der anderen einen großen Brocken Brot, und sah gedankenvoll vor sich hin.

»Möchte wissen, wo Euer Bruder bleibt, Mac Affee«, sagte er plötzlich zu einem der Männer, die vor ihm auf der Erde lagen. »Ist nun schon drei Tage fort.«

»Sorgt Euch nicht um den«, sagte der Angeredete lachend, ein untersetzter, kräftiger Mensch mit offenem, aber wildem Gesicht. »War schon länger fort als drei Tage und ist ihm nichts zugestoßen.«

»Nun, nun – ich möchte nicht davon anfangen, aber da Tom Floyd begonnen hat, muß ich's aussprechen. Mir sagte er, er wolle am nächsten Tage wieder zurück sein«, meinte sehr bedächtig der alte Thornton. »Er hätte sich mit Danny nicht entzweien sollen. Es ist immer besser, mit Begleitung draußen zu sein.«

»Pah –! Jimmy schlägt sich mit hundert Indianern. Was soll ihm passieren?«

Die anderen Männer lachten über die großen Worte, nur Thornton sagte gleichmäßig ernst wie vorher: »Hundert, das ist eine große Zahl.«

Da – was war das? ... Was war das gewesen? Ein Schrei, ein greller, lauter Schrei – es war gewesen wie ein gellender Peitschenhieb über ihre Köpfe hinweg ... Wer hatte gerufen?

Die Männer waren aufgefahren, standen atemlos, sahen sich um ... Die Sonne brannte glühendheiß vom blauen Himmel herab ... Seit wann schreit ein Mann am hellen Tage um Hilfe ...?

O'Hara sagte flüsternd – aber alle verstanden ihn, so still waren sie –: »War das nicht – war das nicht Danny Boone? War das nicht seine Stimme?«

Thomas Floyd war totenblaß. »Er hat nach mir gerufen«, brüllte er plötzlich los. Der riesige, lange Kerl sprang auf den Stamm der Pappel hinauf, von dem er im ersten Schrecken hinabgeglitten war.

»Danny«, brüllte er in den klaren Tag hinein, »Danny, wo bist du? Ruf noch einmal!«

Floyd blickte wild um sich. Er sah grüne Grasflächen, Feuergräben, Salzsäcke, Holzhaufen, da und dort einen Busch, einen Strauch, eine Rohrinsel, sah dort unten, hundert Meter entfernt, den Fluß – alles wie immer ... drüben der Wald ... alles ruhig. Plötzlich aber sah er etwas Neues: Drüben am Flußufer ritten in toller Hast, auf den Kopf ihrer Pferde gebeugt, Dick Fisher und sein Bruder, die beiden Pferdewächter, flußabwärts davon. Sie hieben mit Knüppeln auf ihre Gäule ein, und sie streckten sich, als ginge es um das Leben. Er wollte schreien, aber da war es noch einmal, laut wie vorhin:

»Tommy Floyd!«

Und dreißig Schritte vor ihm erhob sich wie aus dem Boden gewachsen eine wohlbekannte Gestalt im braunen Lederwams, eine Pelzkappe aus Biberfell auf dem Kopf, ruhig und beherrscht wie immer: Daniel Boone.

Aber der alte Jäger hatte ein totenblasses Gesicht. Und

seine Augen starrten hilflos zu ihm herüber; und nun sprach er laut und langsam:
»Hört, was ich euch sage. Bleibt ruhig, wie ich ruhig geblieben bin. Greift nicht zu euren Büchsen, schieß nicht, ich bitte euch, Freunde, schießt nicht.«
Daniel Boone schwieg wie erschöpft. Die Männer hatten sich alle ihm zugewandt und lauschten. Was war mit Old Danny? Warum diese Mahnung? Warum war er so blaß? Unwillkürlich griff mancher zum Messer im Gürtel. Der alte Thornton faßte seine Büchse fester. Er war der einzige, der seine Waffe bei sich trug; er war bei weitem der älteste von allen.
Sie sahen alle auf Daniel Boone, und sie sahen nicht, wie es in ihrem Rücken heranhuschte, wie es sich von Strauch zu Strauch, von Deckung zu Deckung heranschob. Nur Daniel Boone sah es; er atmete schwer. Er durfte sich nicht verraten, er mußte zusehen, wie die Roten den Ring um seine Freunde enger und enger zogen ... wenn nur einer von den Weißen sich umdrehte, wenn ein einziger die Indianer zu früh sah, dann war alles verloren. Dann griffen die dort zu den Waffen, dann stürzten sie nach den Gräben, wo die Büchsen lagen, dann schossen, stachen, hieben sie um sich ... Oh, er kannte die Männer gut ... Und dann liefen sie direkt in die Falle, in die Pfeile, Keulen und Tomahawks, in die Kugeln der Shawanos hinein ...
In dem Gesicht des alten Lederstrumpfs zuckte kein Muskel, seine Augen zwinkerten nicht, aber das konnte er nicht hindern, daß alles Blut aus seinem Gesichte wich. Er mußte zusehen, wie die Feinde näher schlichen, wie sie ihre Stellung von Sekunde zu Sekunde verbesserten — und er durfte diese Feinde nicht verraten, weil sonst seine Freunde verloren waren ...
»Männer, hört. Hört mir gut zu und hört auf meinen Rat, ich bitte euch.«
Daniel Boone sprach nun beherrschter, aber diese Festigkeit täuschte keinen von denen, die ihm zuhörten. Die

Blässe seines Gesichtes sprach mehr als seine Worte. O'Hara, der Ire, von einem plötzlichen Gedanken erfaßt wandte sich um. Und da schrie er hinaus: »Verrat! Indianer! Wehrt euch, Männer, Indianer!« Aber Boone hatte seine Wendung gesehen, und seine Stimme donnerte die des Iren zu Boden:

»Ruhe! Männer: Ich bin gefangen. Ich komme, euch zu retten«, er sprach in bebender Eile, »ihr seid von Hunderten von Indianern umgeben, jeder Strauch steckt voll von ihnen. Gebt euch gefangen, und ich bürge dafür, daß euch nichts geschieht. Wehrt euch nicht. Es ist zwecklos. Keiner von euch würde entkommen. Ihr alle kennt mich. Ihr wißt, daß ich kein Feigling bin. Tommy Floyd, vergiß deine Tollheit. Auch deine langen Beine würden dich heute nicht retten ...«

Aber der, den er da aus guten Gründen anredete, unterbrach ihn mit knirschender Wildheit:

»Ich pfeife auf alle Roten der Welt! Tommy Floyd und sich gefangen geben! Niemals —«

Aber lauter noch als Floyd donnerte Boone: »Jim Mac Affee, zeige dich!«

Zehn Schritte links von dem Lederstrumpf aber erhob sich ein anderer Weißer. Und er brüllte:

»Jawohl, Old Danny hat recht. Euch bleibt nichts übrig. Ihr seid umzingelt, ihr sitzt alle drin, genauso wie wir beide auch. Gebt euch gefangen, oder ihr werdet alle eure Kopfhäute los!«

Thomas Floyd starrte den Jäger an wie eine Erscheinung. Mac Affee – Mac Affee war also auch gefangen! Mac Affee, der noch wilder war als er, der noch keinen Indianer lebend vorbeigelassen hatte. Aber dann schüttelte Floyd den Schrecken ab.

»Wenn sie uns totschlagen, so nehmen wir doch hundert von ihnen mit hinüber«, brüllte er zurück und wollte vom Baumstamm herabspringen.

»Keine drei nehmt ihr mit«, schrie Mac Affee warnend ...

Doch da geschah etwas Unerwartetes. Der alte Thornton, der sich sonst nur selten hören und stets andere für sich reden ließ, trat an den Stamm heran.
»Gib mir deine Hand, Tommy«, sagte er zu Floyd. Und der Riese zog den Alten wie eine Feder hinauf. Kaum war er oben, so sagte er laut und langsam zu Daniel Boone: »Sieh her, Danny, *und wer mit dir* ist, mag auch hersehen«! Damit ließ er seine Büchse, deutlich sichtbar für alle, zu Boden fallen; er griff in den Gürtel, zog sein langes Messer heraus und warf es der Büchse nach. Dann sprang er wie ein Junger vom Stamm herab.
»Darf ich kommen?« fragte er.
Hinter Daniel Boone stand plötzlich schlank, braun, hochgewachsen ein Indianer, mit nacktem Oberkörper, ohne allen Schmuck im Haar, ohne Adlerfeder und Hirschschweifwedel. Er sagte in gutem Englisch mit tiefer, klangvoller Stimme: »Der alte weiße Mann mag kommen. Es wird ihm kein Haar auf seinem Haupt beleidigt werden. Und auch denen nicht, die mit ihm sind. Tecumseh ist Häuptling der Shawanos, und er verspricht, daß keiner von euch getötet oder verletzt werden soll.«
»Tecumseh?« rief Floyd. »Mein roter Bruder heißt Tecumseh?«
»Tecumseh ist der Bruder keines weißen Mannes«, antwortete der Indianer.
»Bruder oder nicht Bruder. Ich habe mir schon immer gewünscht, Tecumseh kennenzulernen. Darf auch ich kommen?«
»Der lange Springer vom Walnut Creek ist willkommen in den Dörfern der Shawanos«, sagte mit undurchdringlicher Ironie der junge Häuptling, während seine Augen in düsterem Frohlocken aufflammten. Der wilde Floyd, ein Mann, fast so berühmt wie Daniel Boone, war nun auch sein Gefangener.
Thomas Floyd warf sein Messer zu dem des alten Thornton und ging ihm nach. Das entschied.
Und als nun überall, hinter jedem Busch, aus Erdmulden,

hinter Bodenwellen, sogar schon hinter den Holzhaufen bei den Salzkesseln, bewaffnete Rote auftauchten, da gaben sich alle gefangen. Sie warfen ihre Messer fort und ließen sich die Hände auf den Rücken binden.

Nur Daniel Boone, der alte Thornton und Thomas Floyd blieben davon verschont, ferner Jim Mac Affee, dessen Handwunde von seinem Kampfe mit Tecumseh her so stark eiterte, daß er hohes Fieber hatte. Außerdem hatte er die Folgen des Schlages mit der Kriegskeule noch nicht überwunden. Sein Kopf dröhnte, und er konnte seine Gedanken immer nur zeitweise beisammen halten. (Das war der Grund gewesen, warum er den Shawanos, als sie das Lager der Salzsieder einzukreisen begannen, geradewegs in die Hände lief. Er war erledigt vom zweitägigen Umherirren in Wald und Prärie, um sich zu wehren; und da er keine Waffen hatte, so hatten die Shawanos ihn abgefangen, als sei er ein Kind, das man vor Schlimmerem bewahren müsse.)

Zweiunddreißig Männer, alle aus Boonesburg, fielen an diesem Tage in die Hände Tecumsehs. Nur die beiden Pferdewächter entkamen in Angst und Verzweiflung. Und Verzweiflung ergriff auch Boonesburg, als man dort erfuhr, was vorgefallen war. Dreiviertel aller waffenfähigen Männer gefangen ...! Wann würden die Roten vor den Palisaden des Dorfes selbst erscheinen?

Von einer Karawane mit neu Zuwandernden, die drei Tage nach der Hiobsbotschaft in Boonesburg eintraf, kehrte die Hälfte geängstigt sofort um. Und drei alte Familien schlossen sich an. Sie hatten genug von diesem Lande. Im Osten, jenseits der Alleghanies, war man ja nicht so frei, wurde man nicht so schnell wohlhabend – aber man starb dort auch nicht so schnell wie hier.

An Verfolgung der Indianer, an Befreiung der Gefangenen war nicht zu denken.

Später, zu spät für die Grenzer, stellte sich heraus, daß sie einer großartigen Finte Tecumsehs zum Opfer gefallen waren. Nicht nur Tom Floyd, der alte Thornton und die sich mit ihm ergeben hatten, auch Mac Affee und sogar Boone, der doch einige Stunden länger mit den Shawanos zusammengewesen war, sie alle waren getäuscht worden. Tecumseh hatte nicht viel mehr als etwa hundert Indianer bei sich, und gegen hundert Rote hätten sich die dreißig Grenzer schon verteidigen können. Aber der Shawano hatte es verstanden, durch geschickte Aufteilung seiner Schar sogar bei Boone den Eindruck zu erwecken, daß er mindestens vier- bis fünfhundert Krieger führte – und gegen eine derartige Übermacht wäre ein Kampf in freiem Felde allerdings aussichtslos gewesen.

# *Um Leben und Tod*

In das schläfrige Mittagsleben des Dorfes dröhnte ein dumpfer Ton wie fernes Donnergrollen. Die Männer, die im Schatten der großen Erdhütten lagen, hoben den Kopf; im kühlen Innern der Wohnungen hörten die Frauen mit ihren Hantierungen auf, und die Mädchen, die außerhalb der Palisaden unter dem Trompetenbaum damit beschäftigt waren, Büffelfälle von den letzten Fleisch- und Haarresten zu säubern, hielten mit ihrem Geplauder inne und standen mit lauschenden Gesichtern, in den Händen den Knochenschaber, erwartungsvoll vor dem Holzrahmen, auf die sie die großen Häute gespannt hatten.
Und nun stand »Ich sah die Sonne aufgehen«, der Ausrufer des Dorfes, auf dem großen Platz vor der Ratshalle, nackt bis auf einen Lendenschurz aus dem Fell des grauen Wolfes, hochaufgerichtet in der glühenden Mittagssonne, vor sich auf einem Holzgestell die Trommel, in beiden Händen die Schlegel aus den Schulterknochen eines Bisons, und hob zum zweitenmal die rechte Hand zum Schlage. Der Ton war anders als der erste, dumpfer, hallender — und nun rollte ein kleiner Wirbel über die straff gespannte Trommelhaut. Ehrfürchtig und bewundernd sah die Knabenschar zu. Dann dröhnten die Knochenschlegel von rechts und links auf die beiden fellbespannten Enden des gehöhlten Baumstammes. Die rechte Hand schlug den Generalbaß mit gleichbleibend klaren, lauten Schlägen, und die linke untermalte mit an- und abschwellenden Wirbeln.
Breitbeinig stand der Indianer mit dem schon grauschwarzen Haupthaar vor dem brustbreiten Instrument, und während von allen Seiten die Krieger, die Frauen und Mäd-

chen herbeiströmten, summte Ich sah die Sonne aufgehen ein Lied vor sich hin, den Gesang des Herolds, der das Dorf zusammenruft. Er trug seinen Schmuck auf den Körper gemalt: auf der Brust in gelber Farbe eine Hand mit zwei aufgerichteten und drei gekrümmten Fingern; das hieß, daß er zwei Gefangene gemacht hatte.

Quer über den rechten Oberschenkel lief ein zinnoberroter, breiter Streifen, der wirkungsvoll eine tiefe, furchtbare Narbe noch stärker hervortreten ließ. Hier hatte der Tomahawk eines Catawba seine Spur hinterlassen. Drei lange, blutrote Striche auf dem rechten Oberarm, jeder Strich im oberen Drittel durch einen kleinen Zwischenraum unterbrochen: drei getötete und ihrer Kopfhaut beraubte Feinde. Viele blaue Kreise auf der rechten Schulter der Brust: ebenso viele tote Feinde, die Ich sah die Sonne aufgehen auf dem Schlachtfelde mit der Hand berührt hatte, ohne sie selbst getötet zu haben. Und so hatte er noch andere Zeichen in allen möglichen Farben auf seinem Körper; die Knaben machten sich gegenseitig auf sie aufmerksam, und wenn einer nicht wußte, was eines davon bedeutete, so machte es ihm ein Freund flüsternd klar.

Inzwischen waren fast alle Bewohner von Chillicothe herbeigekommen. Da holte der Herold tief Atem, schlug einen rollenden Wirbel und dämpfte den Nachhall, indem er beide Hände auf die Trommelhaut legte. Dann sang er mit lauter, mächtiger, aber eintöniger Stimme:

»Hört – o hört: euer Häuptling hat es befohlen! Krieger der Shawanos und ihr anderen, alle, kommt zum Platze unter dem großen Baum. Tecumseh, der Berglöwe, der sich zum Sprunge duckt, tanzt heute den Tanz ‚Ich sah' mit allen Kriegern, welche ihn in das Land des grünen Rohrs begleitet haben, um die Stunde, wenn der Schatten des Baumes auf das Wasser des Flusses fällt.«

In der gespannt zuhörenden Menge wurden Ausrufe der Befriedigung laut, einige Mädchen klatschten vor Freude laut in die Hände, und die Frauen lachten zustimmend.

Die Blicke aller, auch der Männer, aber suchten Tecumseh, der am Rande des Platzes stand.

Der Ausrufer wiederholte seinen Spruch, dann schloß er mit dumpf dröhnenden, gewaltigen Schlägen auf seine Pauke, nahm das Instrument wieder auf den Rücken und ging mit langsamen Schritten durch die Menge davon.

Mehr als dreißig weiße Männer waren gefangen worden, dreißig von den gefürchteten und berüchtigten Kentuckyern, dreißig Mitschi malsa, von deren unbeugsamem Mut, Schießkunst und Grausamkeit die Sage ging bis an den Mini-schosch, bis an das Felsengebirge; ja, sogar die Eskimos in den dämmerigen Schneehäusern des hohen Nordens von Kanada hatten von ihnen schon gehört, wenn der indianische Händler sie besucht hatte, um ihnen Eisenspitzen, Feuersteine und jene tönernen Töpfe zu verkaufen, die der Eskimo so sehr brauchte und die er nicht herzustellen wußte.

Dreißig der gewaltigen Krieger waren gefangengenommen worden, die in Kentucky eingebrochen waren. Sie kannten keine Furcht, sie schossen auf Vogel, Tier und Mensch, sie hatten Pferde und Rinder, sie bebauten den Boden – die fremden Männer waren seit Jahr und Tag das tägliche Gespräch in allen Hütten, Zelten und Wigwams der roten Leute.

Früher, als der große Cornstalk noch gelebt hatte, da waren sie weit fort gewesen; da lebten sie jenseits des Kanawha, jenseits des großen Gebirges. Und wenn Cornstalk von der Gefahr sprach, welche diese weißen Leute eines Tages bringen würden, da hatten die Krieger dumm dreingesehen, und die Häuptlinge hatten weise und überlegen gelächelt. Ein paar Jahre nur waren seitdem verflossen, und schon saßen mehrere Hundert von ihnen in Kentucky. Und jeder konnte morgen das Opfer ihrer Büchse werden, ob er nun zur Jagd auf den Bison auszog oder südwärts zu den Tschirokis wanderte, um Salz zu verhandeln; selbst die friedlichen Tschippewa waren nicht mehr sicher, die doch ihre tönernen Töpfe bis zu den Seminolen, Pahnis und Komantschen und den nördlichen Stämmen trugen, Obsidian-Spitzen, Obsidian-Messer und -Beile brachten. Sie wurden aus ihren flinken Rindenkanus heraus abgeschossen wie junge Biber, und der Weiße, der das getan hatte, lud seine Büchse neu und legte sie auf einen Hirsch an, der vorbeizog.

Dreißig Grenzer waren gefangengenommen worden, und alle Shawanos wollten hören und sehen, wie es dabei zugegangen war. Nicht nur aus Chillicothe waren sie gekommen; auch die vier übrigen Abteilungen des Stammes, die Spitotha und Bikowetha, die Assiwikale und Kispokotha, waren mit Frauen und Söhnen und Töchtern erschienen. Von den Lenni Lenape, den Wyandot und Miamis, von den Sax und Fox, den Mennonimis, Pottawatomis, den Ottawa und Tschippewa waren Krieger eingetroffen, um zu sehen, zu hören und um daheim erzählen zu können.

Eine halbe Stunde oberhalb des Dorfes lag dicht am Flusse der Versammlungsplatz. Die Landschaft hatte hier stellenweise das Aussehen eines großen Parks, in dem Haine wie dunkle Inseln im hohen Grase lagen, da und dort stand auch niedriges Gebüsch oder ein einzelner Baum, eine Platane, eine Traubenkirsche, einige Pappeln. Der Platz, auf dem die Shawanos zu tanzen pflegten, war eine flache, baumlose Mulde, an deren östlichem Rande die Riesensäule eines fast dreißig Meter hohen Trompetenbaumes stand. Seine mächtige Krone ragte wie ein stummer Wächter über die Umgebung; und zu seinen Füßen fanden schon seit vielen Jahren die eindrucksvollen Erzählungen von den Taten der Krieger der Shawanos nach der Sitte der Algonkin ihre dramatische Gestaltung.

Vor der Zeit der nordamerikanischen Völkerwanderung scheinen die Algonkin im östlichen Kanada gesessen zu haben. Ein Stamm nach dem anderen löste sich aus dem engeren Verbande der Art und Sprache ihrer großen Völkerfamilie. Die Shawanos waren nicht der größte davon, aber nach dem Ruhm ihrer Häuptlinge, nach den Taten ihrer Krieger einer der glanzvollsten. Jedes Volk nahm die Sitten, Anschauungen, Sprache und Verfassung mit, die ihre gemeinsamen Vorfahren ihnen gegeben hatten. Und die Shawanos, deren Namen nichts anderes bedeutete als »die Südlichen«, waren der mutvolle Vortrupp des Marsches über den Erdteil. Sie waren bis nach Südkarolina vorgestoßen, hatten sich dort mit einem abgesprengten Sioux-Stamm, den Catawba, aber auch mit Irokesen und Tschirokis herumgeschlagen, mit dem mächtigen Kriik-Bund Freundschaft geschlossen und eine Zeitlang in dessen Lande gewohnt, bis sie nach Kentucky und schließlich hierher an den Scioto zurückgewandert waren.

Überall aber hatten sie ihre Toten begraben, ihre Kinder erzogen, ihre Feste gefeiert, wie sie es gewohnt waren. Und in der Ordnung, in der sie nun hier, nördlich des Ohio, auf das Erscheinen der »Ich-sah-Tänzer« warteten, hatten sie am Sawannah, in den Hochtälern der südlichen Appalachen, in ihrer Urheimat am riesigen St.-Lorenz-Strom, in Kentucky und am Mississippi gesessen: in einem großen, fast genau quadratischen Viereck um den freien Platz, auf dem gleich die Krieger auftreten sollten. Dreizehn Sippen hatten die Shawanos. Mwa-wä Wolf, M-kwä Bär, Mse-passe Puma oder Berglöwe, diese drei zusammen bildeten die große Abteilung der Chilacahta, die größte und älteste Abteilung des Stammes, die alle anderen Söhne und Enkel nannte. Nach den Chilacahta hieß das Hauptdorf der Shawanos Chillicothe. Ob sie am St. Lorenz, am Sawannah oder am Ohio gewohnt hatten, überall war der Name des Vorortes des Stammes Chillicothe gewesen*. Die Chilacahta hatten den Shawanos alle ihre Friedenshäuptlinge gegeben und eine große Anzahl Kriegshäuptlinge: Cornstalk, der graue Eisenkopf, der am Großen Kanawha gegen General Lewis gefochten, hatte

* Noch heute trägt ein Landstädtchen im Staate Ohio diesen Namen; allerdings wohnt kein einziger Indianer mehr darin.

zur Sippe und zum Totem des Puma gehört; Cata-hecassa, sein Nachfolger, der dort drüben unterm Trompetenbaum saß, war ein Chilacahta vom Totem M-kwäs des Bären. Und auch der junge Tecumseh war Chilacahta, sein Totem Mse-passe der Berglöwe.

In allen Versammlungen hatten die Chilacahta Anspruch auf den Sitz an der Ostseite; im Osten ging die Sonne auf, im Osten war das große salzige Wasser, aus dem Osten waren die furchtbaren weißen Feinde gekommen und hatten damit eine alte Weissagung wahrgemacht, von der ein schwarzer Wampumgürtel sprach. Aus dem Osten kam Heil und Unheil, und so war es gerecht, daß die Chilacahta im Osten saßen wie ein Wall vor dem Volke – denn sie waren die Ältesten und die Stärksten.

Die südliche Seite des Platzes hielten die Assiwikale, und auch sie hatten drei Sippen: Manato Schlange, Pesa-wä Pferd, Psake-the Hirsch. Sie waren die stets Kriegslustigen, und ihre großen Häuptlinge waren Blaujacke von der Sippe des Hirsches und der weiße Häuptling »Schwarze Schlange«, dessen Name sagte, welche Familie ihn adoptiert hatte.

Der größte Häuptling der Kispokotha, die sich am westlichen Rande des Platzes niedergelassen hatten, war Lederlippe vom Totem der Schildkröte (Namätha). Er war der älteste unter den Shawanos; längst war die Zeit seiner Kriegstaten vorbei, und sogar die Zeit der Reden im Rat hatte er schon hinter sich. Er sah aus wie eine Mumie, vertrocknet, dürr, mit rissigen Lippen, und sein uraltes Gesicht war wie zerknittertes Pergament. Er lag wie leblos in dem hölzernen Lehnsessel, eingehüllt in einen prachtvoll bemalten, bestickten und mit eingebrannten Mustern kunstvoll versehenen Bisonmantel. Aber wenn er sich auch nicht rührte, wenn die Glieder ihm auch schon längst den Dienst versagt hatten und sogar die Sprache nur noch wie ein Hauch von seinen Lippen kam, sein Auge blickte klar und ruhig, und sein Ohr war scharf wie das des Luchses. Sein Ansehen war ungeheuer, und wenn

er einmal eine Meinung äußerte, was nur sehr selten geschah, so war die Sache, über die er sich aussprach, damit endgültig entschieden, denn niemand im Stamm hätte es gewagt, gegen ihn aufzutreten. Waschbär und Truthahn hießen die anderen beiden Sippen der Kispokotha; auch sie waren darauf stolz, zu Lederlippe und den Seinen zu gehören.
Den Norden des Festplatzes hielten zwei Abteilungen inne, die kleiner waren als die drei anderen; sie brauchten auch nicht so stark zu sein, denn im Norden wohnten Freunde: dort lebten die Lenape, Tschippewa, Pottawatomis und Miamis, Algonkin wie die Shawanos selbst, bluts- und sprachverwandt; mit ihnen gab es wohl hin und wieder einmal Streitereien, aber niemals drohten blutige Vernichtungskriege, die jederzeit mit den Irokesen, Sioux oder Tschirokis entbrennen konnten. Und so saßen im Norden des Platzes die Spitotha mit den Sippen Eistaucher und Bussard und die Bikowetha, zu denen die Verwandschaften vom Totem der Eule und vom Totem des Kaninchens gehörten – kleine Abteilungen, aus denen noch nie ein großer Häuptling, ein bedeutender Zaubermann oder ein Prophet gekommen war.
Dreizehn Sippen hatten die Shawanos, und jede Sippe hatte ihr Oberhaupt. Sie saßen vor den Reihen der Krieger, und neben ihnen die Kriegshäuptlinge, jeder im Schmuck seiner Taten: mit bemalten Körpern, geschmückten Schöpfen, in Büffelfellmäntel gehüllt, die von ihrem Leben berichteten, so daß jeder es lesen konnte. Und jeder Indianer kannte die Bilderschrift; schon den fünf- und sechsjährigen Knaben bringen die Mütter an den langen Winterabenden, wenn die Familie um das rauchende Feuer in der Erdhütte sitzt, die Zeichen bei.
Nun werden die gefangenen Grenzer von den jungen Kriegern hereingeführt; die Frauen und Kinder recken die Hälse, auch die Männer können ihre Erregung nur schlecht beherrschen, und selbst manch einer der Häuptlinge wird grau vor innerer Anspannung. Cata-he-cassa freilich ver-

zieht keine Miene; gleichmütig stopft er sich seine lange, prachtvoll geschnitzte, federgeschmückte Pfeife neu. Auch Blaujacke ist wie aus Holz geschnitzt, er, der größte Feuerkopf des Stammes.
Die Weißen bemühen sich, ruhig zu erscheinen. Sie sind noch völlig im Ungewissen darüber, was mit ihnen geschehen soll, obwohl sie doch fast drei Wochen schon in Chillicothe sind. Heute soll es sich entscheiden. Tecumseh hat ihnen zwar Leben und Sicherheit versprochen, aber wer kann so einem schuftigen Indianer trauen. Warum sollte er sie auch schonen? Ein jeder von den Grenzern mag wohl die Rothäute gezählt haben, die er schon erschossen hatte, und das schlechte Gewissen mag sich gemeldet haben. Keiner von ihnen zweifelte daran, daß es heute an die Generalabrechnung gehen würde ... Die Shawanos waren am meisten gefürchtet, waren am grausamsten in den Marterungen, am rachgierigsten in ihrem Blutdurst – seit dem Tage, an dem Cornstalk von Weißen gemeuchelt worden war ...
Sie waren alle blaß und sehr unruhig, diese Männer, die sonst so breitbeinig und großspurig von ihrem Mut und ihren Taten sprechen konnten. Keiner von ihnen war ein Feigling; aber man braucht keine Memme zu sein und kann doch vor dem starren Blick aus Hunderten von Indianeraugen erzittern.
Die Grenzer waren alle gefesselt, nur der alte Thornton und Daniel Boone schritten frei einher – und diese beiden waren ruhig. Thornton war ein alter Mann und hatte mit dem Leben abgeschlossen; zudem war er von tiefer Frömmigkeit und felsenfest davon überzeugt, daß sein Leben überall in Gottes Hand stand.
Ohne Daniel Boone wären alle diese Gefangenen schon längst tote Leute gewesen. Er hatte sie mit seiner unerschütterlichen Ruhe, seiner Umsicht und Klugheit vor Torheiten, vor sinnlosem Streit mit ihren Wächtern und ebenso vor der stets lauernden Verzweiflung bewahrt. Zur Verzweiflung hatten sie alle vollen Grund. Ihnen war

zumute wie Vögeln, die wehrlos unter dem bannenden Blick der Schlange sitzen und hilflos zusehen müssen, wie das Ungeheuer mit langsamer, grausamer Unabänderlichkeit näher und näher kommt. Sie hatten Gelegenheit genug gehabt zu bemerken, wie die anfänglich gutmütige Stimmung des Stammes immer feindseliger wurde. Sie hatten in den letzten Tagen an dem Zustrom fremder Indianer erkannt, daß sich etwas Besonderes vorbereitete. Sie glaubten, daß die leidenschaftlichen Unterhaltungen, die sie überall sahen und hörten, ohne sie doch zu verstehen, ihnen galten — und das war ganz natürlich. Zu anderen Zeiten hätte wohl auch tatsächlich eine so große Schar weißer Gefangener die Gemüter der Indianer ständig beschäftigt. Diesmal aber dachten die Shawanos sehr wenig an die weißen Leute, um so mehr an einen Zwist, der im Stamm ausgebrochen war. Die Grenzer wußten ja nicht viel von den Gewohnheiten der Roten. Es wäre unter ihnen eine Schande gewesen, nicht zu wissen, wie Hirsch und Biber, Luchs und Wolf, Fisch und Vogel lebten; wenn einer Märchen von diesen Tieren erzählt hätte, wäre er sofort ausgelacht worden. Von den Indianern aber erklärte man kurz und bündig, und jeder glaubte es, sie seien eine feige, verräterische, schmutzige Rasse, Feinde Gottes, die man vom Erdboden vertilgen müsse. Und so kam es, daß keiner von ihnen den Worten Tecumsehs glaubte — und selbst Boone hoffte nur, er werde halten, was er versprochen hatte.

Als sie jetzt auf dem Platz inmitten der finster starrenden Menge standen, da sahen sie alle sich verstohlen nach dem Pfahl um, an dem sie zu Tode gemartert werden würden ... und sie wunderten sich, daß er nicht zu sehen war.

Sobald Daniel Boone bemerkte, daß man zunächst nichts von ihnen wollte, setzte er sich, und die anderen folgten seinem Beispiel.

Die Roten fingen nach kurzer Zeit wieder ihr Geplauder an; die Krieger wollten zeigen, daß auch eine solche Anzahl gefangener Mitschi malsa ihnen den Gleichmut nicht raubte. Bald war überall der übliche Schwatz im Gange; man lachte, scherzte und stritt sich. Daß der Indianer stets stumm an seiner Pfeife sauge, ist nur ein Märchen von den vielen, die über ihn erzählt werden. Er war wie alle Naturvölker – und er ist es noch heute – heiter, schwatzlustig, unbefangen und natürlich.

Aber bei allem Geplauder war doch noch eine besondere Art von Spannung in der Menge. Da und dort sah man einige jüngere Krieger in heftiger Unterhaltung, und von diesen enger zusammensitzenden Gruppen gingen immer wieder von neuem Wellen der Erregung durch die übrigen Männer.

Es war längst kein Geheimnis mehr, daß es schwere Zerwürfnisse zwischen Tecumseh und den älteren Häuptlingen gegeben hatte. Der ganze Stamm stand auf seiten Tecumsehs, aber die Achtung vor der Würde und dem Alter der Häuptlinge hatte verhindert, daß man gegen den Willen des Rates zu einem großen Kriegszug gegen Kentucky aufbrach, den Tecumseh leidenschaftlich gefordert hatte.

Der Orden der Hunde umfaßte so gut wie die gesamte jüngere Mannschaft des Volkes. Tecumseh war der Führer dieses Ordens von Kriegern, aber die Friedenshäuptlinge der Shawanos hatten sich gegen die Militärmacht ausgesprochen, und obwohl alle »Hunde« und alle Krieger, die der große Erfolg gegen Daniel Boone und seine Leute mit begeisterter Siegeszuversicht erfüllt hatte, auf der Seite des Fliegenden Pfeils standen, hatte Tecumseh doch nachgeben müssen.

Aber er gab das Spiel noch nicht verloren: er verlangte das Recht, den »Ich-sah-Tanz« aufzuführen. Jeder Häuptling, der von einem Kriegszug zurückgekehrt war, pflegte in diesem Tanz die Abenteuer zu schildern. Dieses Verlangen konnten die Häuptlinge nicht abschlagen – und jedermann ahnte, daß Tecumseh mehr wollte, als nur seinen Stammesgenossen einen Bericht zu geben.

Da fing man bei den Chilacahta an, die Köpfe zu drehen. Auch bei den übrigen Abteilungen gab es Unruhe, Zurufe, ausgestreckte Arme ...

Von einer niedrigen Anhöhe im Osten näherte sich ein einzelner Indianer. Er kam schlendernd, ohne viel auf seine Umgebung zu achten, als sei er innerlich sehr beschäftigt.

Tecumseh hatte den Tanz »Ich sah« begonnen.

Während er langsam nahte, bemächtigte sich der Versammlung eine steigende Spannung. Es wurde so still, daß man den Wind in den Blättern des Trompetenbaumes rauschen hörte.

Der junge Häuptling ging an der Stelle, wo die Sippe Mse-passe (Berglöwe) saß, durch die Reihen und auf den freien Platz hinaus. Nun beugte er sich zu Boden, als sehe er etwas Auffälliges, dann folgte er in leicht gebückter Haltung der Spur, die er soeben entdeckt hatte, ohne jedoch zu den Waffen zu greifen. Tecumseh tat, als gehe er um eine Ecke, und blieb stehen. Dann hob er winkend die Hand und rief mit lauter Stimme:

»Du bist ein großer Jäger, mein Bruder. Aber dein Sommerfell ist schlechte Beute, Grauwolf. Es ist heute keine Feindschaft zwischen dir und mir.«

Noch einmal winkte er, dann wandte er sich ab und ging weiter. Er war kaum zwei Schritte gegangen, da tönte das Geheul des jagenden Wolfes über den Platz.

Die Zuschauer hatten verstanden, was Tecumseh dargestellt hatte; teilweise kannten sie es ja aus den Berichten Kish-kalwas, dem Tecumseh seine Erlebnisse erzählt hatte.

Nun sahen sie plötzlich den Fliegenden Pfeil die Hände in die Luft werfen, er schoß seine Büchse ab, brach aufschreiend zusammen, rollte sich blitzschnell zur Seite und stöhnte laut.

Stille. Auch die Zuschauer rührten sich nicht. Tecumseh sprach:

»Ein weißer Mann schoß auf Tecumseh. Er hat nicht getroffen. Er weiß nicht, wieviel rote Krieger da sind. Auch Tecumseh weiß nicht, ob der weiße Mann allein ist. Der weiße Mann und Tecumseh warten. Tecumseh ist sehr zornig. Er beschließt, das Spiel des Berglöwen zu spielen, der ein Hirschkalb fangen will.«

Und nun gab er eine meisterhafte, pantomimische Darstellung seiner Begegnung mit Mac Affee. Er jaulte, lachte, schrie, war still, er riß Erdklumpen aus und warf sie nach seinem Gegner, er schoß mit Bogen und Pfeil nach dem weißen Jäger, dann wieder lud er seine Büchse und feuerte sie an Stelle des Grenzers ab, er lauerte minutenlang regungslos im Grase – und er machte das alles so natürlich, daß man den weißen Gegner geradezu vor sich zu sehen glaubte, so daß nicht nur die Männer auf die Füße sprangen und atemlos, weit vorgebeugt zusahen, daß nicht nur die Frauen hinten die Knaben auf die Schultern hoben, damit sie besser sehen konnten; auch die Häuptlinge folgten allen Bewegungen Tecumsehs mit angespanntester Teilnahme. Nur die weißen Gefangenen machten ziemlich verständnislose Gesichter; sie begriffen nicht, was das Gebaren Tecumsehs bedeuten sollte, und noch weniger konnten sie sich erklären, warum die Indianer so gespannt zusahen.

Boone war der einzige, der einige Worte der Shawanos-Sprache verstand, wenn sie langsam gesprochen wurde. Diesmal aber konnte auch er keinen Zusammenhang in die Geschichte bringen. Nur einer von ihnen verstand, der, den es am meisten anging: Mac Affee. Ihm traten die Augen fast aus den Höhlen, und er flüsterte immer wieder vor sich hin: »Damned ... damned ... ein verfluchter Bursche ...« Er hatte sofort begriffen, und er war noch viel erregter als alle Indianer. Jetzt erst erfuhr er, wie Tecumseh damals am Licking River mit ihm gespielt hatte, jetzt endlich sollte er auch hören und sehen, was geschehen war, nachdem Tecumseh ihn niedergeschlagen hatte. Noch heute wußte er nicht, warum er überhaupt noch lebte; von den Indianern hatte er auf alle seine Fragen nur gehört, er möge sich an Tecumseh selber wenden.

Der aber spielte indessen weiter. Er schien die Zuschauer vergessen zu haben, er war wie in einem Rausch. Er hatte sich vorgenommen, den ganzen Stamm zu Begeisterung und Bewunderung hinzureißen – nicht, weil er eitel war. Aber er hatte in tagelangen Grübeleien und aus den Ereignissen der allerletzten Tage eines gelernt: daß er noch zu wenig Macht im Stamme hatte. Es war ihm ja nicht einmal gelungen, die Häuptlinge dazu zu bewegen, einen großen Zug gegen Kentucky zu unternehmen. Und das war doch der Grund gewesen, warum er die Weißen gefangengenommen und hierher geführt hatte. In leidenschaftlichen Reden hatte er darauf hingewiesen, jetzt sei die Zeit, die Mitschi malsa ganz aus dem »Lande des grünen Rohrs« hinauszuwerfen; jetzt seien sie drüben in Angst und Bestürzung, ihre besten Krieger in Gefangenschaft, Boonesburg müsse dem ersten entschlossenen Ansturm erliegen, und dann seien auch die beiden anderen Siedlungen in Kentucky verloren. Wenn die Weißen Logans Station und Harrodsburg nicht freiwillig räumten, so würden doch die Shawanos vierzehn Tage nach dem Falle von Boonesburg so viele tausend rote Verbündete haben, daß an einem einzigen Tage beide Orte erobert werden könnten.

Tecumseh hatte in Versammlungen geredet, er hatte die Häuptlinge einzeln bearbeitet – aber er war nicht durchgedrungen. Cata-he-cassa selbst, der Oberhäuptling, war zunächst unschlüssig gewesen, aber dann hatten Blaujacke und Lälaschikah ihn dazu bestimmt, Frieden zu hal-

* Drei kleine Ansiedlungen weißer Leute gab es damals insgesamt in Kentucky, knapp fünf- bis sechshundert Männer, Frauen und Kinder mochten im Lande wohnen, das so groß ist wie Bayern, Württemberg und Baden zusammengenommen. Gewiß eine Zahl, die für den unerschrockenen Mut der Grenzer spricht, aber auch für die Friedfertigkeit der Indianer, zum mindesten aber für den Mangel an einheitlicher Führung.

ten. Die beiden Häuptlinge waren eifersüchtig. Sie waren selbst überzeugt davon, daß der Kriegszug Erfolg haben würde, aber Tecumseh war so unvorsichtig gewesen, in der ersten großen Versammlung zu erklären, *alle* Shawanos würden ihm folgen, wenn er zum Kriege riefe. Und noch schlimmer war, daß der brausende Beifall der Menge seinen beiden Widersachern gezeigt hatte, daß er die Wahrheit sprach. Tecumseh selbst wollte also den Ruhm haben, Kentucky befreit zu haben – sie trauten ihm zu, daß er seinen Plan durchführen würde. Dann aber war es endgültig aus mit dem Ansehen Blaujackes und Lälaschikahs, dann waren sie für immer auf den zweiten Platz verwiesen ...

Es war dem schlauen Lälaschikah gelungen, Lederlippe auf ihre Seite zu bringen, der einen alten Groll gegen Tecumseh hatte, weil ein besonders geliebter Enkel des uralten Häuptlings von einem Zuge nicht zurückgekehrt war, den Tecumseh geführt hatte. Nun trat auch Cata-hecassa seinen Plänen entgegen, andere Häuptlinge schlossen sich an – und so versäumten die Shawanos wegen kleinlicher Mißgunst, wegen persönlicher Eifersucht einzelner Häuptlinge den einzigen Augenblick zu einem vernichtenden Schlage gegen Kentucky. Daß Tecumseh Boonesburg genommen hätte, daran ist nicht zu zweifeln, denn die Ansiedlung war ohne Führer, ohne ihre besten Männer. Wenn aber Boonesburg mit den anderen beiden Orten in Flammen aufgegangen war, so wäre sehr wahrscheinlich die Lust zur Einwanderung nach Kentucky in den Oststaaten auf den Nullpunkt gesunken, um so mehr, als in den alten Gebieten östlich des Alleghany-Gebirges starke Kräfte am Werke waren, die Auswanderung nach dem Westen zu unterbinden. Und es gab ja in den Oststaaten noch genug Raum; wer aber unbedingt auswandern wollte, der konnte nach Tennessee, nach Georgia, nach Südkarolina gehen, wo die Indianer offenbar nicht so gefährlich waren ...

An diese Dinge dachte Tecumseh, während er tanzte. Er

hatte Tage und Nächte voll ohnmächtiger Erbitterung hinter sich, er hatte sogar mit dem Gedanken gespielt, gegen das Verbot des Rates der Alten zum Kriegszug aufzurufen.
Aber seine Erziehung sträubte sich gegen eine solche Tat. Von frühester Jugend an wird dem Indianer Ehrfurcht vor dem Alter, unbedingter Gehorsam gegen die Beschlüsse des Stammes eingeprägt, und die Achtung vor den Stammesgesetzen war ihm so in Fleisch und Blut übergegangen, daß er sie nicht in wenigen Tagen ablegen konnte.
Nun wollte er die Häuptlinge im »Ich-sah-Tanz« überzeugen. Er hatte eingesehen, daß keiner mehr da war wie Cornstalk. *Der* freilich hätte sofort losgeschlagen, noch am selben Tage, an dem er die Kunde von der Gefangennahme der dreißig Boonesburger gehört hätte. Cornstalk, der so lange und erbittert um den Frieden gerungen hatte, hätte begriffen, daß die Zeit der friedlichen Gesinnung vorbei war. Cata-he-cassa, Blaujacke, Lälaschikah waren unfähig – gut, so wollte er sein Nachfolger werden. Zu offener Auflehnung konnte er sich noch nicht aufraffen; er wußte, daß ihm wohl alle Krieger auf den Kriegspfad folgen würden, wenn die Häuptlinge sich neutral hielten; aber nur sehr wenige waren ihm so treu ergeben, daß sie offen Stellung gegen den Rat der Alten genommen hätten. Tecumseh fühlte die Erregung der Zuschauer. Und je mehr er erkannte, wie sehr er den ganzen Stamm hinriß, um so mehr packte ihn selbst die Begeisterung.
Beifallsstürme rauschten auf, als er schilderte, wie der Weiße unter dem Luchs fast zusammenbrach, und wie er, Tecumseh, das Raubtier erschoß, weil er selbst ja den Grenzer töten wollte.
Aber als er nun noch darstellte, wie Mac Affee blind und toll auf den Bison zugerannt war und wie er den alten Stier durch einen Pfeil in den Höcker zum Angriff auf den Weißen aufgestachelt hatte, da sprang die Versammlung auf und gellte den schauerlichen Kriegsruf hinaus.

Sie schrien sich gegenseitig an, erklärten sich Einzelheiten, tanzten vor Begeisterung brüllend im Kreise herum, einige schossen ihre Büchse ab, und einen Augenblick schien es, als seien die dreißig Gefangenen in Lebensgefahr.
Da aber hob sich Tecumseh auf die Fußspitzen, legte beide Hände wie einen Trichter vor den Mund und donnerte mit seiner gewaltigen Stimme über den Platz nichts weiter als nur die Worte:
»Hört – o hört – o hört . . .!«
Schon war es wieder totenstill. Alle wollten sehen, wie der Weiße erlegt wurde. Tecumseh wartete und sah sich langsam um. Einige setzten sich wieder hin, einige Frauen, die sich hatten mitreißen lassen, gingen beschämt auf ihren Platz hinter den Kriegern zurück, Cata-he-cassa nahm wieder unter dem Baum Platz, nur Lederlippe ließ sich in seinem Tragsessel aufrecht halten, damit er Tecumseh besser sehen könne.
Der wiederholte die letzte Szene, und nun – Mac Affee war aufgesprungen und stand allein inmitten der sitzenden Gefangenen aufrecht, vorgeneigt, mit todblassem Gesicht – nun schallte Tecumsehs Stimme wieder über den weiten Platz:
»Zum erstenmal zeigte sich der Berglöwe dem Mitschi malsa. Er sagte zu ihm: Der weiße Wolf ist weit gelaufen, bis er seinen Tod gefunden hat.«
Atemlos starrten die Zuhörer. Gerade legte sich auch der Wind, und die Blätter des Trompetenbaumes hingen still, als ob auch sie zuhören wollten.
Der kurze dramatische Kampf, der nun von Tecumseh dargestellt wurde, riß sogar die weißen Gefangenen hin, die sich aus den Worten, die Mac Affee ohne es zu wissen vor sich hinflüsterte, nun endlich auch darüber klar wurden, was der Indianer dort auf dem Platz eigentlich tat.
Tecumseh schilderte, wie der Grenzer den herabhängenden Tomahawk auffing – ein Schauder des Entsetzens lief durch die Versammlung –, wie er ihm das Messer

durch die Hand stach und wie er ihn schließlich niederschlug.

Als nun Tecumseh zögernd vor dem niedergeschlagenen Gegner stand, die schwere Kriegskeule abwägend in der Faust, als er sie zum Schlage erhob, der den Besiegten töten mußte, und sie dann doch nicht fallen ließ – da konnte Mac Affee nicht mehr an sich halten. Er sprach lauter als bisher, aber doch nur, als rede er mit sich selbst: »Ja, so muß er vor mir gestanden haben. Er konnte mich zertreten wie einen Frosch.«

In der Stille, die auf dem Platz herrschte, waren die englischen Worte deutlich zu hören.

Mac Affee war außer Tecumseh der einzige, der aufrecht stand. Auf ihn richteten sich jetzt erstaunte Blicke, man zeigte mit ausgestreckten Händen nach ihm, jeder konnte den Verband um seinen Kopf und um die rechte Hand sehen ... Mac Affee aber hatte keine Augen für seine Umgebung, er sah nur den Indianer dort, der vor einem eingebildeten Gegner stand und tanzte.

Als den Zuschauern klar wurde, daß Tecumseh den Weißen geschont, daß er ihm nur die Waffen abgenommen hatte, da löste sich die Spannung. Die Menge nahm die unerwartete Milde recht geteilt auf, nur von Cata-hecassa kam ein lauter Beifallsruf.

Doch als Tecumseh zeigte, wie er dem Grenzer die Waffen genommen hatte, da schwoll der Beifall orkanartig an: einem im Kampfe Niedergeschlagenen die Waffen abzunehmen, während er noch lebte, das war nach indianischen Begriffen die kühnste aller Taten, und gleichzeitig sprach daraus die tiefste Verachtung.

Da aber trat Mac Affee einen Schritt vor, noch einen, noch einen – und nun ging er, wie ein Betrunkener schwankend, die gefesselten Hände auf dem Rücken, auf Tecumseh zu. Die Versammlung hatte erstaunt oder auch belustigt zugesehen, jetzt wurde es wieder still. Und in diese Stille hinein sagte der Grenzer mit lauter Stimme:

»Ich bin es, der auf dich geschossen hat. Du hast mir

zweimal das Leben geschenkt, du bist ein tapferer Krieger und ein großer Häuptling. Höre, was ich dir zum Dank verspreche: Niemals wieder werde ich auf einen von eurer Farbe schießen. Lieber will ich in die großen Städte zurückgehen, als noch einmal Indianerblut vergießen!«
Da geschah etwas Sonderbares. Tecumseh brüllte den Weißen an, Haß in den Augen: »Tecumseh braucht deinen Dank nicht. Er hat dich nicht am Leben gelassen, weil er die weißen Leute liebt. Tecumseh hat dich verschont, weil er niemals Wehrlose tötet.«
Nach einer kurzen Pause fügte er, nun wieder ruhig, mit bösem Hohn in der Sprache seines Stammes hinzu:
»Das Lamm will den Wolf nicht mehr angreifen. Der Wolf ist dem Lamm sehr dankbar dafür; wenn der Wolf Hunger hat, wird er das Lamm trotzdem fressen.«
Das war ein Wort nach dem Geschmack der Indianer. Sie brüllten vor Lachen, und die Beifallsrufe donnerten wie ein Orkan.

*

Tecumseh schilderte nun, wie er am Tage nach der Besiegung seines Feindes zu dem letzten Kampfplatz zurückgekehrt war und den bewußtlosen Grenzer immer noch dort liegen sah, wie er dann auf den Spuren des Weißen bis zu dem Lager der Kentuckyer gegangen, wie er die Mitschi malsa beim Salzsieden belauscht und wie er schließlich durch Signalfeuer die Krieger Läaschikahs zu Hilfe gerufen hatte.
Glücklich und schüchtern kamen nun Gelber Wolf und Bärenkind und berichteten, wie sie die von Kish-kalwa weitergegebenen Signale gesehen und erwidert hatten. Zwei Frauen erröteten vor Stolz und Freude, als sie ihre Söhne so im Kreise der Männer sahen – und neidvoll starrten alle Knaben auf die beiden jüngsten Krieger der Shawanos. Nun traten Ein Pfeil und Läaschikah mit der ganzen Schar auf. Pantomimisch wurde der Marsch an den

Licking River dargestellt, es folgte die Gefangennahme Boones und darauf die Umzingelung und Gefangennahme der dreißig Salzsieder. Kish-kalwa stellte Daniel Boone dar, der seinen Gefährten riet, sich ohne Gegenwehr zu ergeben, und aufmerksam lauschte die Menge jedem Wort.

Und bedeutsame Blicke flogen hinüber zu Cata-he-cassa, der mit vorgeneigtem Oberkörper, das Kinn in die Hand gestützt, dasaß, als Tecumseh die Zusicherung, die er dem alten Thornton vor der Gefangennahme gegeben hatte, laut, langsam und deutlich wiederholte (und alle sahen, daß er sich dabei dem Oberhäuptling zuwandte): »Es wird ihm kein Haar auf seinem Haupte angetastet werden. Und denen auch nicht, die bei ihm sind. Tecumseh ist Häuptling der Shawanos, und er verspricht, daß keiner von ihnen getötet oder verletzt werden wird.«

Es entstand eine Pause. Alles blickte zu Cata-he-cassa hinüber, der sich auf seinem Sitze unter dem Trompetenbaum zurücklehnte und seinerseits zu dem hinüberblickte, der ihn angeredet hatte. Aber Cata-he-cassa schwieg. Und erst nach einiger Zeit sprach er, was alle erwarteten: »Der Fliegende Pfeil hat dreißig Mitschi malsa gefangengenommen durch seine Klugheit und seinen Mut. Er hat Ehre und Ruhm für den ganzen Stammm erworben. Was Tecumseh versprochen hat, werden die Shawanos halten.«

Tecumseh nickte leicht, die Menge nahm die Worte mit Stillschweigen auf wie etwas Selbstverständliches. Der Führer eines Kriegszuges hatte den von ihm gemachten Gefangenen Leben und Sicherheit versprochen, seine Krieger waren damit einverstanden gewesen. Die Sache war entschieden; aber es entsprach den Stammesanschauungen und der Überlieferung, daß der Oberhäuptling seine Zustimmung gab.

Der Tanz ging weiter. Die Grenzer legten die Waffen ab und ergaben sich, die Weißen wurden gefesselt, und die Schilderung schloß mit der Besichtigung der Beute. Jeder einzelne Krieger trat vor und erzählte, welchen Anteil er von Tecumseh erhalten hatte; der eine Büchse mit Kugelbeutel, der ein Messer, jener ein Beil, dieser ein Pulverhorn oder eine Pelzmütze – und aus jedem Beutestück ging hervor, wie die einzelnen sich ausgezeichnet hatten.

Zum Schluß kamen die großen Kupferkessel an die Reihe. Ihre Erwähnung rief besondere Freude hervor, und die zwölf Krieger, denen Tecumseh je eines der wertvollen Gefäße zugesprochen hatte, wurden bestaunt und bewundert. Sie hatten die größte Beute erhalten, sie hatten sich also auch am meisten ausgezeichnet! Welch wunderbarer Reichtum war doch solch ein Kessel! Man konnte einen Bisonhöcker, ja einen Hirsch auf einmal darin kochen, eine ganze Sippe konnte sich aus so einem Gefäß sattessen!... Welch ungeheure Menge Saft mußte man dem Zuckerahorn abzapfen, um solch einen Riesenbottich zu füllen! Der zerplatzte nicht im Feuer. Und als später zwei Krieger, die einen Kessel erhalten hatten, bekanntgaben, sie wünschten, ihren alten Namen abzulegen und neue dafür zu wählen, da rief es durchaus kein Erstaunen oder Lächeln hervor, als sie erklärten, die neuen Namen sollten heißen: »Er trägt den Kessel« und »Kessel aus Metall in meinem Zelt«.

Lauten Beifall gab es, als Tecumseh sagte:

»Die weißen Leute waren an die Lecken des Salzflusses gekommen, um Salz zu bereiten. Diese Männer, die so schlechte Krieger sind, wissen auch nicht, wie man Salz macht. Sie können es nun bei uns lernen. Ihr Salz ist braun wie die Erde, unser Salz aber ist weiß wie die Sonnenwolke am Himmel.«

Diese Worte waren keine leere Eitelkeit. Die Shawanos waren im ganzen Nordosten bekannt als Salzsieder und tauschten ihr Produkt selbst an Stämme, mit denen sie sonst im Kriege lebten.

*

Die wilde Erregung hatte sich bei dem glücklichen, friedlichen Ausgang wieder gelegt. Tecumseh fühlte, daß er einen größeren Erfolg errungen, daß er dem ganzen Stamm und allen Häuptlingen seinen Willen aufgezwungen haben würde, wenn er die Weißen nicht gefangen, sondern getötet hätte. Er war Indianer genug, um jetzt nachträglich seine Milde zu bedauern. Um zu befreien, hätte er noch hundertmal mehr Weiße erschlagen als diese dreißig. Und es fiel ihm in diesem Augenblick ein, was Kish-kalwa ihm kürzlich erst gesagt hatte: »Wenn Tecumseh die Häuptlinge zwingen will, den Pfad des Krieges zu betreten, so müssen die Mitschi malsa alle zu Tode gemartert werden. Niemand wird dann im Stamme sein, der nicht noch mehr Blut vergießen möchte. Tecumseh muß durch Blut den Durst nach Blut im Stamme erwecken.«

Heute erkannte er, daß Kish-kalwa recht gehabt hatte. Der Stamm war auf eine viel zu gemütliche, viel zu harmlose Weise von dem Erfolge befriedigt; es war nichts von der gärenden Unruhe zu bemerken, Leidenschaft, die er für seine Pläne brauchte.

Er hoffte noch auf das »Zählen der Taten«. Schon nahm der Ausrufer mit der Baumtrommel Aufstellung vor dem Oberhäuptling, die übrigen Häuptlinge gingen zu Catahe-cassa hinüber, die beiden Unterführer der Hunde kamen auf ihn zu, der eine mit der blutroten Stirnbinde und der Lanze des Führers, der andere mit dem merkwürdigsten und seltsamsten aller indianischen Symbole: einem verschnürten Bündel Pfeile, in die ein Tomahawk eingebunden war. Es war das Zeichen der altrömischen Liktoren und bei den Indianern wie in Rom das Symbol der Polizeigewalt. Der Orden der Hunde war eine vom Stamme eingesetzte Macht, die Polizei und Heer in einem darstellte.

Tecumseh schlang sich die rote Binde um die Stirn; ihr Ende schleppte lang auf der Erde nach. Er ergriff die Lanze und schritt nun, gefolgt von den beiden Unterführern der Hunde – es waren Kish-kalwa und Ein Pfeil – und auch allen »Ich-sah-Tänzern« auf die Häuptlinge zu, in deren Nähe die Schildkröten-Sippe den uralten Lederlippe getragen hatte.

Der Ausrufer hob die Schlegel, um die Trommel ertönen zu lassen, die Krieger hinter Tecumseh machten sich bereit, ihre Ansprüche anzumelden und je nach Bewährung und Erfolg bei dem Überfall auf Daniel Boone und seine Gefährten das Recht zum Tragen ganz bestimmter Auszeichnungen und Bemalungen zu fordern.

Da trat Gefleckter Büffel vor, ein junges Mitglied des Totem der Schildkröte. Er hob den rechten Arm und sagte: »Lederlippe will einige Fragen an den Häuptling Tecumseh richten.«

Die unruhige Erwartung wich erstauntem Schweigen. Es war selten, daß Lederlippe von sich aus in eine Verhandlung eingriff. Tecumseh war nicht weniger überrascht, nur Blaujacke und Lälaschikah schienen nicht erstaunt zu sein; der letztere lächelte sogar ein wenig schadenfroh. Zufällig hatte Tecumseh dieses Lächeln gesehen; er wußte, daß Lälaschikah nicht sein Freund war, und er war auf der Hut. Ohne Zögern aber wandte er sich Lederlippe zu und sagte ehrerbietig:

»Der große Häuptling möge fragen. Tecumseh wird antworten.«

Gefleckter Büffel trat nun zu dem greisen Oberhaupt seiner Sippe. Man sah, wie der Sachem* seine Lippen bewegte. Er konnte nur noch flüstern. In völliger Ruhe wartete die Menge. Es dauerte lange. Schließlich richtete sich Gefleckter Büffel wieder auf. (Der Stamm wußte, daß er ein besonders treuer und begeisterter Anhänger Tecumsehs war.) Er sah ihn mit großen, angstvollen Augen an.

»Lederlippe hat mit Freude den Tanz des Fliegenden Pfeils gesehen. Lederlippe hat gehört, welche Taten der

* Sachem = (Friedens-) Häuptling. (Ein Algonkin-Wort.)

kühne junge Häuptling verrichtet hat. Der Fliegende Pfeil ist ein Held seines Volkes. Lederlippe wünscht, daß die gefangenen Mitschi malsa zu Ehren Tecumsehs den Tod am Marterpfahl sterben. Lederlippe, Häuptling der Shawanos seit mehr als zwei Lebensalter bittet, die Pfähle aufzurichten. Er läßt durch mich den Führer der Hunde fragen, ob er auf den Wunsch des alten Mannes eingehen wird.«

Mit Absicht hatte Lederlippe den Hinweis auf sein Alter einflechten lassen, obwohl das doch kaum nötig gewesen wäre. Aber alle hatten auch das Versprechen gehört, das Tecumseh den Weißen gegeben hatte. Die Worte, die Gefleckter Büffel im Auftrage des alten Lederlippe gesprochen, übten eine ähnliche Wirkung auf die Indianer aus wie der Anblick eines Todfeindes auf einen Hund. Die Menge stieß einen heiseren Laut aus. Der Blick der Krieger trübte sich, und zitternd tastete da und dort eine Hand nach dem Messer im Gürtel. Die Frauen waren zusammengeschauert, die Gesichter der Mädchen sahen plötzlich gedunsen aus... Der Blutdämon, der in jedem Indianer schläft, witterte seine Speise. Gleich würde ein einziger, rasender Schrei aufsteigen, schon schwoll es an wie eine Meeresbrandung...

Den Bruchteil einer Sekunde schwankte Tecumseh. Sollte er sagen: »Der Wunsch des weißen Haares ist wichtiger als das Wort eines jungen Häuptlings?« Dann waren die Gefangenen verloren, dann hatte er sein Wort gebrochen — aber dann würde, nach dem Martertode der dreißig weißen Feinde, der Stamm nach weiterem Blutvergießen, nach Überfall, nach Mord und Skalpen heulen wie Wölfe im Winter, wenn das Fleisch knapp wird. Er brauchte nur zuzustimmen, und noch im letzten Augenblick hätte er damit seinen Plan durchgesetzt...

Wer könnte ihn tadeln! Er hätte der Ehrfurcht vor dem Alter gehorcht... und wenn Kentucky frei war, wer hätte in dem Jubel hinterher noch nach dem gebrochenen Versprechen gefragt? Aber Tecumseh hatte einmal

in seinem Leben der Marterung von Feinden beigewohnt und sich damals geschworen, niemals mehr derartige Scheußlichkeiten zu dulden. Und dann: es gab ein Sprichwort bei den Shawanos: »Was soll dem Stamme der Mann, der am Abend nicht weiß, was er am Morgen versprochen hat?« Und diesem Sprichwort wollte er unbedingt treu bleiben.
Er hob den Kopf – und in dieser Sekunde wurden viele Hundert weiße Männer, Frauen und Kinder vom sicheren Tode gerettet, weil ein Indianer seinem Worte treu blieb.
Er trat einige rasche Schritte vor und sagte mit schneidendem Hohn dem blutgierigen Greis in das Gesicht hinein, in der schwülen Stimmung hörten es alle und erschracken:
»Das Alter hat dem Häuptling Lederlippe den Verstand verwirrt, oder seine Ohren waren zugeklebt, daß er nicht gehört hat, was der zum Sprung ansetzende Berglöwe soeben sprach und was der Oberhäuptling der Shawanos bestätigte.«
Durch die Zuhörer ging eine Welle eisiger Verstimmung; es war nicht anders, als ob ein kalter Wasserstrahl in eine Volksmenge geschleudert würde. Noch nie hatte ein junger Mann zu einem alten, noch nie hatte jemand zu Lederlippe so gesprochen. Aber Tecumseh wußte, was er tat. Er hatte bemerkt, welch eine Veränderung in den Indianern vorgegangen war, wie alle sich unwillkürlich duckten und nach Waffen suchten. – Was er mit dem Tanze nicht erreicht hatte, das hatte Lederlippe mit zwei Worten erreicht: die harmlose, freudige Begeisterung war in Blutgier umgeschlagen ... Jeder der älteren Krieger hatte schon mehreren Marterungen beigewohnt; jeder kannte den tobenden Blutrausch, der wilder, schöner, wollüstiger war als jeder Schnapsrausch. In der Seele dieser Menschen lauerte stets sprungbereit der Dämon der Vernichtung – Lederlippe hatte ihn aufgerufen, um Tecumseh zu vernichten.

Der schlaue alte Kerl, der nur noch aus Haut und Knochen zu bestehen schien, kannte seine Leute... Wenn Tecumseh nachgab, war er ein Wortbrüchiger, und sein Ansehen im Stamme war für immer dahin. Wenn er sich vor dem Alter Lederlippes nicht beugte, so drohte dieselbe Gefahr... Denn jeder Indianer hatte dem Alter Ehrfurcht und Gehorsam zu zollen.

Tecumseh hatte nur sekundenlang Zeit, sich zu entschließen... gleich würde das heisere Atmen der Menge in den Blutruf übergehen, dann war es zu spät... Er starrte Lederlippe an, der ihn anblinzelte. Er sah dieses schlaue Gesicht, und er sah dabei gleichzeitig das schadenfrohe Lächeln um den Mund Läläschikahs vor sich. Plötzlich standen Kish-kalwa und Peta-Kuta neben ihm, jeder eine blanke Waffe in der Faust. Kish-kalwa hätte Lederlippe ohne Besinnen niedergeschlagen, wenn Tecumseh es verlangt hätte. Und da war Tecumseh vorgetreten und hatte der lebenden Mumie seine Worte ins Gesicht geschrien.

Er hielt an, selbst fast erschrocken vor der eigenen Kühnheit. Schattenhaft sah er eine große Gestalt näherkommen, Cata-he-cassa stand neben ihm! Der Oberhäuptling als einziger hatte sofort die Gefahr begriffen, in die der Stamm durch die Worte Lederlippes geraten war, denn hinter Kish-kalwa und Peta-Kuta standen mehr als hundert »Ich-sah-Tänzer«. Cata-he-cassa dachte nur an den Stamm, und er schrie mit einer Erregung, die den Worten des stets ruhigen, selbstbeherrschten Mannes ein furchtbares Gewicht gab:

»Wach auf, Lederlippe, laß deine Augen umhergehen und erwäge, was stärker ist in dir: deine Gier nach dem Blut der Gefangenen oder deine Liebe zum Volke der Shawanos.«

Cata-he-cassa bekämpfte den Einfluß des Jüngeren nicht aus Mißgunst oder Eifersucht, wie es Blaujacke und Läläschikah taten. Cata-he-cassa hatte in den vergangenen Kriegen die fürchterliche Überlegenheit der Weißen zu oft kennengelernt; nur darum war er Tecumsehs Gegner, denn Tecumseh glaubte noch an einen Sieg, wo Cata-he-cassa nur drohende, völlige Vernichtung sah. Insgesamt aber liebte er den Jüngeren, und er wußte, daß es für ihn noch eine dritte Möglichkeit gab neben den beiden, mit denen Lederlippe rechnete: und Cata-he-cassa ahnte, daß Tecumseh, wenn es um seine Ehre ging, den dritten Weg wählen würde: Aufruf an seine Anhänger, sich vom Stamme zu trennen. Schon einmal hatten die Shawanos in zwei getrennten Abteilungen gelebt ...

Gefleckter Büffel war wieder zu Lederlippe getreten und hatte sich über ihn gebeugt, um seine Antwort zu hören. Gespannt warteten die Shawanos, besorgt traten Shingas und Wingenund, die Lenape-Häuptlinge herbei – der eine zu Cata-he-cassa, der andere zu Lederlippe.

Gefleckter Büffel redete leise auf den Greis ein, der mit starrem Gesicht dalag. Aber er schien trotz aller Beschwörungen des Jüngeren immer wieder nur dieselbe Antwort zu geben. Schließlich richtete sich der Sprecher auf und trat vor: »Lederlippe wünscht, vor seinem Tode, der bald da sein wird, die dreißig Mitschi malsa am Pfahl zu sehen.«

Doch die Wirkung dieser Worte waren anders als die der ersten, obwohl der weißhaarige Sachen nun sogar auf seinen nahen Tod hingewiesen hatte. Die Kühleren begannen einzusehen, daß Tecumseh nicht nachgeben konnte. Sein Versprechen, vor dem ganzen Stamme feierlich wiederholt, war allzu eindeutig gewesen. Und schon die Tatsache, daß der Anführer der »Hunde« dem Verlangen Lederlippes Widerstand leistete, hatte abgekühlt. Auch daß Cata-he-cassa in so wilder Erregung widersprochen, hatte die Leidenschaften zurückgedrängt.

Aber die Menge wogte näher, die Gefangenen wurden mit herangeschoben. Sie ahnten, was vorging, und hatten blasse Gesichter. Tecumseh sah sie an, dann sagte er bewußt verletzend:

»Der Häuptling Lederlippe hat sein Gedächtnis vergessen,

er ist zum lallenden Kind geworden. Tecumseh ist Häuptling und hält sein Wort. Die gefangenen Mitschi malsa stehen unter dem Schutz meines Versprechens.«
Lederlippe richtete sich mühsam auf – das war seit Jahren nicht geschehen –, und es wurde totenstill. Aber die gewaltige Energie des Greises bezwang die Schwäche seines Körpers. Er schlug die Augen voll auf, graue, starre, bohrende Augen, und sprach. Er sprach sehr leise, aber es war so still, daß alle ihn verstanden:
»Seit wann wird das Alter mißachtet im Volke der Shawanos? Ich wünsche, Lederlippe vom Totem Nahätha die Schildkröte, daß die weißen Mörder sterben. Wer wagt es, dem Alter den Gehorsam zu verweigern?«
Erschöpft sank er zurück. Die Totenstille blieb. Blaujacke und Lälaschikah traten hinter den hölzernen Tragsessel. Da drehte Tecumseh sich auf dem Absatz herum, hob die Lanze hoch, und schrie über die lauschende Menge hinweg:
»Herbei, wer seinem Schwur treu bleibt! Der Feind ist zwischen den Hütten des Dorfes, rottet euch zusammen, denn die Lanze steht in der Erde.«
Und damit packte er die rote Stirnbinde, warf ihr Ende vor sich auf den Boden und spießte es mit der herabfahrenden Lanze an der Erde fest – und jeder Mann, jedes Weib, jedes Kind wußte, was das hieß: es war das Zeichen, daß der Führer des Bundes der Hunde an diesem Platze siegen oder sterben wollte.
Der gellende Ruf war wie ein Peitschenhieb über die Köpfe der Lauschenden gefahren, aber da schoben sich schon von allen Seiten die »Hunde« durch die Menge heran, Kish-kalwa und Ein Pfeil stellten sich rechts und links von dem Häuptling auf und hoben den nackten Tomahawk über ihr Haupt. In kurzer Zeit waren zweihundert junge Männer um Tecumseh versammelt und warteten stumm auf weitere Befehle. Alle hatten eine Waffe in der Hand.
Da reckte sich, während die Weiber angstvoll die Kinder

nach hinten zogen, Cata-he-cassa hoch auf, und seine Stimme, sonst brüchig und trocken, grollte wie der Donner von den Hufen einer galoppierenden Bisonherde:
»Heran auch zu Cata-he-cassa, wer ein Krieger ist und sein Volk liebt. Nehmt die Messer in die Hand und den Tomahawk in die Faust!«
Ein Wink – und Ich sah die Sonne aufgehen, der Ausrufer, hob die Schlegel und ließ einen rollenden Wirbel auf der Baumtrommel erschallen:
»Hört – o hört – o hört: euer Häuptling hat es befohlen!«
Zweimal wiederholte der Ausrufer den Ruf. Dann standen hinter Cata-he-cassa alle übrigen Männer des Dorfes bis auf ganz wenige vom Totem Namähta – und bis auf Lälaschikah und Blaujacke.
In die Stille hinein rief der Oberhäuptling des Stammes:
»Älter als jeder Mann ist der Stamm. Weiser als jede Weisheit eines Grauhaares ist die Weisheit des Stammes. Höher als jede Ehrfurcht vor dem Alter steht die Ehre und das Wort eines Mannes.«
Er wandte sich mit einem furchtbaren Blick zu Blaujacke und Lälaschikah:
»Das Volk der Shawanos folgt den Worten seines obersten Häuptlings. Hier ist niemand, der wünscht, daß ein Häuptling sein Versprechen bricht. Oder ist das der Wille Blaujackes? Ist es der Wunsch Lälaschikahs?«
Die beiden Angeredeten wurden aschgrau unter dem drohenden Wolfsblick Cata-he-cassas. Sie senkten den Kopf und standen unschlüssig da, dann gingen sie langsam an ihren Platz, zu ihrer Sippe und stellten sich damit auf die Seite des ganzen Stammes. Die Shawanos wußten wieder einmal – in den Jahren des Friedens hatten sie es fast vergessen –, warum Cata-he-cassa der Nachfolger Cornstalks und ihr Oberhäuptling war.
Lederlippe war allein. Nur seine nächsten Verwandten hatten bei ihm ausgeharrt, mit der Ausnahme derjenigen, die zum Bunde der »Hunde« gehörten. Denn der

Befehl des Bundes ging vor den Befehl von Sippe oder Familie. Auch Gefleckter Büffel stand in der Schar hinter Tecumseh. Die übrigen waren bei Lederlippe geblieben; nicht weil sie seiner Meinung waren, sondern weil es das Gesetz der Sippe verlangte. Er winkte mit den Augen einen von diesen heran. Als der sich wieder aufrichtete, konnten seine Augen die Freude nicht verbergen, die ihn erfüllte, wenn er sich auch Mühe gab, ein unbewegtes Gesicht zu machen. Er sprach mit klarer Stimme: »Häuptling Lederlippe vom Totem Namätha beugt sich dem Willen des Stammes. Die Mitschi malsa mögen am Leben bleiben. Lederlippe bittet, mit dem Zählen der Taten zu beginnen.«

Tecumseh hatte die Erde unter sich wanken gefühlt. Nun stand er wieder fest. Aber er wußte, daß er von diesem Tage an drei unversöhnliche, mächtige Feinde im Stamme hatte, drei Häuptlinge, die gedemütigt worden waren vor ihren Frauen und Kindern.

# *Marsch in die Freiheit*

Daniel Boone war am nächsten Morgen schon in aller Frühe wach. Er blieb auf seinem Lagen liegen und starrte in das Feuer. Es konnte den großen Raum nicht erhellen, die Dunkelheit lastete überall im Hintergrund, nur von Zeit zu Zeit ließ der Widerschein der Flammen eine Pfeilspitze, ein Beil, einen gebleichten Büffelschädel matt aufblinken. An den vier Pfosten, die das Dachgestell trugen, hingen allerlei indianische Geräte, Wolfs- und Bärenfelle.
Der Lederstrumpf war in schwerer Sorge. Er machte sich bittere Vorwürfe, daß er sich am Licking River von Tecumseh hatte überlisten lassen, daß er sogar noch andere in sein Unglück mit hineingezogen hatte. Wie mochte es in Boonesburg stehen? Würde die Frau mit den drei Söhnen die Arbeit schaffen? Hoffentlich ließen sie in der Siedlung die Palisaden nicht verfallen ... Und Betsy, seine Tochter?
Es war schwer für einen Mann wie Daniel Boone, der gewohnt war, sein Schicksal selbst in die Hand zu nehmen, von der Gnade anderer, und nun noch dazu von diesen Indianern, abzuhängen, die er mit Ausnahme Tecumsehs trotz allem, was er in Chillicothe in der letzten Zeit gesehen hatte, im Grund seines Herzens verachtete. Er traute ihnen zu, daß sie ihn und seine Gefährten allen Versprechungen zum Trotz doch noch an den Marterpfahl stellten. Dann war er schuld an dem gräßlichen Ende von dreißig Männern, die auf seine Versprechungen hin aus den Oststaaten nach Kentucky gezogen waren; dann war er schuld, weil er sie in den Westen gelockt und ihnen geraten hatte, sich zu ergeben ... Tausendmal lieber im offenen Kampfe fallen als zu Tode gemartert werden ...

Und dann immer wieder die Gedanken, an seine Frau und an seine Kinder. Sie waren vielleicht in Gefahr, und er lag hier untätig ... er, der es gewohnt war, in wochenlangen, einsamen Wanderungen dieses Land zu durchstreifen, konnte hier keine drei Schritte tun.

Drüben der alte Thornton, der hatte es gut. Er schlief fest, und genauso ruhig würde er am Marterpfahl stehen; der hatte mit dem Leben abgeschlossen, der brauchte sich auch keine Vorwürfe zu machen ...

Immer wieder kehrten Daniel Boones Gedanken zu dem Gespräch zurück, das er am Abend zuvor mit Kish-kalwa hatte. Der Indianer hatte ihm erzählt, was Lederlippe verlangt hatte, und daß Tecumseh und Cata-he-cassa Widerstand geleistet hatten. Aber Kish-kalwa hatte auch klipp und klar gesagt, daß die Weißen nicht mehr sicher seien: Blaujacke und Lälaschikah, obwohl sie sich gestern schließlich hinter Cata-he-cassa gestellt hatten, würden nicht ruhen, bis sie ihren Willen doch durchgesetzt hätten, und Lederlippe habe einen ungeheuren Einfluß. Die Achtung vor seinem Alter sei den Shawanos zu tief in das Blut übergegangen; bei weitem nicht allen sei es recht, daß man den Wünschen Lederlippes nicht nachgegeben habe.

Tecumseh freilich würde eher sterben, als sein Wort brechen. Und hierbei war in dem milden und freundlichen Menschen eine plötzliche Verwandlung vorgegangen. Er war aufgesprungen und hatte den Lederstrumpf mit haßsprühenden Augen angeschrien:

»Wenn wir euch alle doch zertreten hätten wie Frösche! Dann wäre das Land des grünen Rohres wieder frei, und Tecumtha brauchte nicht Zwist in den Stamm zu tragen.«

Sogar der ruhige und gutmütige Kish-kalwa haßte die Gefangenen auf den Tod. Wie würden erst die anderen Shawanos denken!

Boone konnte freilich nicht wissen, daß der Zorn und der Schmerz in Kish-kalwa nicht so sehr den Gefangenen selbst galt als der Tatsache, daß sie es waren, die Tecumseh in eine so gefährliche Lage gebracht hatten, so daß es für ihn kaum noch einen anderen Ausweg gab als den Kampf mit dem ganzen Stamm. Kish-kalwa hing an seinem genialen Freunde mit bewundernder Verehrung und unbedingter Treue; er wußte von Tecumsehs Träumen, er wußte, daß er Tag und Nacht an nichts anderes dachte als daran, wie er die weißen Eindringlinge aus Kentucky vertreiben könne. Sie waren, als sie die dreißig Grenzer gefangengenommen hatten, beide der Überzeugung gewesen, daß der ganze Stamm ihnen gegen die Weißen folgen würde.

Als sie vom Salzflusse nach Chillicothe zurückzogen, da hatte Tecumseh dem Freunde immer wieder in langen Gesprächen am nächtlichen Feuer, wenn die Gefangenen und die Indianer schliefen, erzählt, wie er den ganzen Stamm zum Kriege aufrufen, wie sie die Heimat befreien würden ...

Und nun statt dessen dieses Ende —!

Das alles wußte Boone nicht, und er konnte es nicht wissen. Wenn er die ganze Tragweite der Ereignisse nach dem »Ich-sah-Tanz« hätte übersehen können, so wäre er noch weit unruhiger gewesen.

Er wurde aus seinem sorgenvollen Grübeln durch ein Geräusch aufgeschreckt. Eine Gestalt kam langsam und leise herein. Boones erster Gedanke war, daß man ihn ermorden wolle. Aber der Indianer kam so ruhig näher, daß er diese Vermutung sofort fallen ließ. Der Fremde schritt auf das kleine, ersterbende Feuer in der Bodenvertiefung mitten im Raum zu und ließ sich dort nieder. Boone erkannte Tecumseh.

Über dem Feuer hing, wie in jeder indianischen Hütte, ein Topf, in dem Fleisch kochte. Der Indianer griff vorsichtig in das Gefäß, holte ein Stück heraus, schnitt sich eine Kleinigkeit ab und aß sie auf, zum Zeichen, daß er als Freund und Gast kam. Den Rest tat er wieder in den Topf zurück.

Nun saß er mit gekreuzten Füßen, die Hände um die Knie

geschlungen, stumm da und sah in bitteren Gedanken in die Glut. Sein großer Plan war zusammengebrochen, das »Land des grünen Rohres« würde nicht befreit werden, umsonst all die Hoffnung der letzten Wochen, all der Jubel nach dem Siege am Salzflusse ... Er hatte die weißen Feinde seines Volkes gegen Lederlippe geschützt und dadurch den Krieg gegen die Grenzer selbst verhindert, gegen diese Grenzer, die gerade er ja aus Kentucky hinausjagen wollte ... Das Feuer beleuchtete sein steinern-starres, tiefdunkelbraunes Gesicht, er saß regungslos wie eine Holzfigur lange Zeit, und Daniel Boone hatte Muße, von seinem Lager aus Tecumseh in aller Ruhe zu betrachten. Wieder wie damals in Fort Pitt, als er ihn vor dem Spott und dem Gelächter der Menge geschützt hatte, ergriff den Grenzer ein seltsames Gefühl der Zuneigung zu diesem Manne von fremder Rasse.

Daniel Boone war in seinem einfachen Wesen ein Mensch von großer Klugheit und tiefer Menschenkenntnis. Er hatte in seinem langen Leben mit Leuten aller Stände und Klassen verkehrt, und obwohl er nicht das war, was wir heute gebildet nennen, hoben ihn sein Weitblick und die überlegene, gelassene Kraft, die ihm eigentümlich war, weit über die meisten Menschen seiner Zeit hinaus. Und indem er jetzt Tecumseh unter den gesenkten Augenlidern hervor betrachtete, erkannte er mehr und mehr, daß er einem Menschen wie diesem jungen Shawano bisher noch nicht begegnet war. Das ungewöhnlich regelmäßige, männlich schöne Gesicht des Indianers war beherrscht von tiefschwarzen, großen Augen, die heute in schmerzlicher Trauer in die Glut gerichtet waren. Aber Daniel Boone entsann sich plötzlich des flammenden Blickes, mit dem ihn der Shawano im Hause des Wirtes in Fort Pitt überfallen hatte, und er erinnerte sich gleichzeitig daran, wie diese Augen stolz und verachtungsvoll geglüht hatten, als Tecumseh sich einst dem englischen Gouverneu als Sühneopfer anbot, um die Schande seines Stammes mit seinem Blute auszulöschen.

Boone begann zu ahnen, warum der »Berglöwe, der zum Sprunge ansetzt« von vielen Indianern so verehrungsvoll geliebt wurde.
In diesem Shawano wohnte eine so stolze und edle Seele, ein so unerschütterlicher Mut und so unbeugsamer Wille, daß man glauben konnte, die Natur habe alles, was an großen Möglichkeiten in der roten Rasse lag, zusammengerafft und auf diesen Menschen gehäuft. Hinter der gewölbten Stirn wohnte ein alles durchdringender, disziplinierter Geist, der später, als Tecumseh auf der Höhe seines Ruhmes stand, manch einem Großen der amerikanischen Geschichte Hochachtung und Ehrerbietung abnötigen sollte. Die schmalen Lippen waren fest geschlossen; sie zeigten für den, der sehen konnte, daß Tecumseh eine der Gaben seiner Rasse, die Selbstbeherrschung, in besonders hohem Maße besaß.
Seine Hände waren schmal, lang und klein; Daniel Boone erinnerte sich nicht, jemals bei einem Manne derartig feine Hände gesehen zu haben. Er sah den Shawano fast andächtig an, und plötzlich ertappte er sich bei dem Wunsche: wenn er doch mein Sohn wäre. Ein seltsamer Wunsch für einen Mann wie Boone, der stolz auf seine weiße Rasse war . . .
Plötzlich schrak der Grenzer zusammen. Tecumseh sprach! Also hatte er längst bemerkt, daß der Lederstrumpf wach war!
»Die weißen Leute sind ihres Lebens nicht mehr sicher in Chillicothe. Heute und morgen kann Tecumseh sie noch schützen. Aber er weiß nicht, was übermorgen ist. Tecumseh wird dich und alle, die mit dir sind, zu dem Inglismon* führen, der in der Stadt am großen See wohnt. Dort seid ihr sicher. Die Lange Büchse möge seine Gefährten wecken. Wenn die Sonne aufgeht, werden meine Krieger da sein und uns begleiten.«
Seine Stimme hatte rauh und hart geklungen; er war

* Engländer (entstanden aus Englishman).

voller Scham darüber, daß man ihn zwingen wollte, sein Versprechen zu brechen. Nun sah er wieder stumm in das Feuer.

Boone, überrascht und dankbar – nun war er also die Sorge um das Leben seiner Gefährten los! –, wollte etwas erwidern. Da sah er, wie Tecumseh lauschend den Kopf hob. Auch der Weiße horchte. Bewundernd sah er dann den Indianer an: was hatte der für Ohren! Ohne die Kopfbewegung Tecumsehs hätte der Lederstrumpf die Schritte draußen vor der Hütte sicher nicht gehört.

Tecumseh saß mit abgewandtem Gesicht da und horchte nach dem offenen Eingang hin. Und nun war eine mächtige Stimme von draußen zu vernehmen:

»Hört – o hört – o hört, ihr Knaben der Shawanos, was ein alter Mann euch sagt. Setzt euch auf in euren Lagerstätten, macht die Ohren auf und haltet eure Seele bereit für das, was ich euch lehre.«

Das war der Ruf, der jeden Morgen vor Aufgang der Sonne hier im Dorf erklang. Daniel Boone sah den Indianer am Feuer erstaunt an: Das mußte Tecumseh doch kennen! Warum horchte er so angespannt? Dort draußen machte ein alter Krieger die Runde um die Hütten wie alle Tage und rief die Knaben an, ihm zuzuhören. Kishkalwa hatte dem Grenzer erzählt, die Indianer glaubten, daß um diese frühe Stunde der Geist der Kinder besonders wach und aufnahmebereit sei, um gute Lehren zu hören und sich einzuprägen. Und darum hätten die Shawanos (und viele andere Indianervölker mit ihnen) von alters her die Gewohnheit, die ältesten, bewährtesten und weisesten Männer des Stammes Morgen für Morgen zu den Knaben sprechen zu lassen.

Der Ruf dort draußen ging doch nur die Knaben an, warum lauschte also Tecumseh?

Noch einmal wiederholte sich der Ruf, und es war, als sei die Stimme des alten Mannes noch mächtiger geworden; sie dröhnte durch das Dorf.

Und dann begann die eigentliche Lehre dieses Tages.

»Cata-he-cassa bin ich, ein Chilacahta vom Totem M-kwäs, des Bären, Oberhäuptling aller fünf Stämme der Shawanos. Die Inglismon und die Mitschi malsa hatten sich verbündet und Krieg geführt gegen unser Volk. Sie hatten uns nicht besiegt, obwohl der Kampf lang war. Aber wir wollten den Frieden, und der englische große Krieger verhandelte mit uns. Wir hatten Waffenruhe gelobt für die Zeit der Verhandlungen und die heiligen Pfeifen geraucht. Aber einer der unseren brach den Frieden; er erschlug einen weißen Mörder und floh. Das Volk der Shawanos aber hatte die Schande der Tat.
Da trat ein Jüngling vor den Häuptling der weißen Leute und sagte: Töte mich, damit die Schande meines Volkes getötet werde. Und ein zweiter junger Krieger trat vor, ein Blutsbruder des ersten, und sagte dasselbe. Der feindliche Häuptling war bezwungen von der Tat der beiden Krieger unseres Volkes und schenkte ihnen das Leben.
Hört — o hört — o hört, ihr Knaben der Shawanos. Seid tapfer wie diese Jünglinge waren. Mehr als euer Leben gilt die Ehre eures Volkes!
Wenn ihr ein Versprechen gegeben habt, und sei es selbst dem ärgsten Feinde, so müßt ihr das Versprechen halten, was immer auch komme — nicht dem Feinde zuliebe oder einem Freunde zuliebe, sondern weil ihr es seid, von denen das Versprechen kam. Die Ehre des Mannes ist in seinem Wort.
Was soll dem Stamme ein Mann, der am Abend nicht weiß, was er am Morgen versprochen hat? Er wird zum Spott für die Mädchen, und die Feinde verschmähen es, ihn zu töten, so sehr verachten sie ihn.
Cata-he-cassa bin ich, ein Chilacahta vom Totem M-kwä. Ihr habt gehört, Knaben der Shawanos, die Lehre eines alten Mannes. Er ist nicht weise und er ist nicht klug, aber seine Feinde fürchten ihn, und selbst die Mitschi malsa wissen, daß Cata-he-cassa hält, was er versprochen hat.«
Der Sprecher hatte langsam und feierlich gesprochen,

und Daniel Boone hatte jedes Wort verstanden. Tecumseh wandte sein Gesicht und sah den Weißen mit großen, beredten Augen stumm an.
Nach einer Weile sagte er dann:
»Cata-he-cassa wird sein Wort halten, und Tecumseh wird sein Wort halten. Aber das Volk der Shawanos soll nicht in Streit geraten wegen einiger Blaßgesichter. Tecumtha wird euch nach Detroit führen. Dort kann euch der Arm Blaujackes nicht erreichen. Deine Gefährten werden frei sein. Die Lange Büchse aber muß Tecumseh versprechen, wieder nach Chillicothe zurückzukehren, wenn der Shawano es verlangt.«
Das war ein harter Schlag für Daniel Boone. Aus Detroit zu fliehen, wäre für ihn eine Kleinigkeit gewesen. Den Engländer hätte er sehen mögen, der imstande gewesen wäre, ihn festzuhalten! Dort hätte er auch nicht zu fürchten brauchen, daß seine Flucht am Leben seiner Gefährten gerächt würde.
Und nun, als er schon geglaubt hatte, gerettet zu sein, diese Forderung!
Tecumseh schien sein Zögern mißzuverstehen. Er sagte: »Die Lange Büchse braucht nicht zu fürchten, daß Tecumtha sie rufen wird, wenn sie nicht sicher ist bei den Shawanos. Es wird nicht lange dauern, und der Fliegende Pfeil wird jeden schützen können, der seines Schutzes bedarf.« Die Augen des Indianers glühten leidenschaftlich auf bei diesen Worten.
Daniel Boone sah trübe vor sich hin. Das war die Strafe dafür, daß er seine Gefährten in diese Gefangenschaft geführt hatte! Doch dann sagte er sich: Detroit ist weit von Boonesburg, Chillicothe ist näher am Kentucky. Bin ich erst allein hier, habe ich keine Rücksicht mehr zu nehmen, so soll mich selbst dieser Tecumseh nicht lange halten. Er streckte die Hand aus:
»Es ist gut. Ich werde zurückkommen aus Detroit, wenn du mich rufst.«
Dann sprang er leichtfüßig von seinem Lager auf: Herr-

gott, es war doch eine Hoffnung. Und die Gefährten waren gerettet. Er lief hinüber zu dem alten Thornton: »Wacht auf!« Er schüttelte ihn froh an der Schulter. Der Greis war sofort hellwach. Er setzte sich auf und schaute verdutzt auf Daniel Boone, der sich vor Freude darüber, so plötzlich alle seine Kameraden endgültig gerettet zu wissen, kaum fassen konnte.
Da trat Tecumseh heran und sagte mit herzlicher Stimme: »Der Shawano hat Ehrfurcht vor dem weißen Haar des alten Mannes. Mein Vater wird heute noch zu den Seinen zurückkehren, Tecumseh wird ihm zwei Krieger mitgeben, die ihn sicher in sein Dorf begleiten und ihm Schutz gewähren werden.«
Der Greis sah den Sprechenden aus seinen gütigen Augen nachdenklich an. Dann erwiderte er langsam, als überlege er jedes Wort: »Mein junger Bruder ist mit Recht der Stolz der Shawanos. Ich danke dir, Tecumseh, daß du mir gezeigt hast, wie ein edler Mensch handeln muß.«
Der Indianer sah den Weißen stumm an, dann hob er die Hände zu dem seltsamen Gruß der Algonkin, den die Indianer nur bei feierlichen Gelegenheiten anwenden: Er legte beide Hände an seine Stirn und ließ sie dann über die Schläfen, die Wangen und den Hals zu beiden Seiten des Körpers bis auf die Brust herabgleiten. So blieb er stehen.
Dann wandte er sich zu Daniel Boone:
»Geh hinüber in die Hütte und wecke deine Gefährten. Sie sollen sich erheben und essen, denn wir werden gleich aufbrechen.«
Ohne noch einen Blick auf Thornton zu werfen, ging er mit dem Lederstrumpf zur Hütte hinaus. Draußen auf dem großen Platz lag das Licht des frühen Morgens. Die Sonne stand noch tief hinter den östlichen Wäldern, sie war selbst noch nicht zu erblicken, aber eine weiße Wolke, die allein im dunklen Blau des Himmels schwebte wie ein großes Segelschiff auf dem unendlichen Ozean,

war von unter her mit goldrotem Licht übergossen. Vom Walde kam ein kühler Wind herüber.
Auf dem Platze sammelten sich fröstelnd die Mitglieder des Ordens der »Hunde«. Am Eingang der Hütte standen Kish-kalwa und Ein Pfeil, die Unterführer. Sie hatten beide einen Tomahawk in der Hand.
Tecumseh legte die rote Stirnbinde um und nahm die Lanze des Führers, die an der Hütte lehnte, in die Hand. Jedem, der es etwa wagen wollte, ihn an seinem Vorhaben zu hindern, sollte all das zeigen, daß er sich durch niemand in seinem Beschluß irre machen lassen würde.
Cata-he-cassa kam auf ihn zu; er hatte seinen morgendlichen Rundgang durch das Dorf beendet. Der Oberhäuptling sagte so laut, daß die Umstehenden seine Worte ohne Mühe verstehen konnten:
»Der junge Berglöwe tut recht daran, daß er den Grund des Streites aus Chillicothe entfernt. Cata-he-cassa hofft, daß die Shawanos dann wieder Frieden haben.«
In den Worten lag eine versteckte Aufforderung und eine Frage. Tecumseh erkannte, daß der Oberhäuptling genauso gut wie er selber wußte, wie wenig der Streit gestern endgültig entschieden worden war. Wohl hatte der ganze Stamm äußerlich auf ihrer Seite gestanden, aber wie es mit der Meinung der Menge wirklich bestellt war, das mußte sich erst noch zeigen. Mit seinen Worten und noch mehr mit dem Ton, in dem er sie gesprochen hatte, hatte Cata-he-cassa gefragt, ob Tecumseh bereit sei, von sich aus den Streitfall zu vergessen. Der Führer der Hunde antwortete vieldeutig: »Ich bin ein Kind des Stammes. Tecumseh wird Frieden halten mit seinem Volke.«
Eine halbe Stunde später gingen die weißen Gefangenen durch das Tor der Palisadenwand des Dorfes in das Freie hinaus. Vor ihnen schritt eine Schar junger Krieger, und hinter ihnen folgte Tecumseh mit dem Rest der Begleitmannschaft.
Die Grenzer waren leicht gefesselt. Als sie nun den ausgetretenen Pfad entlang gingen, der vom Dorfe in den

Wald hinüberführte, da sahen sie rechts und links die wogenden Maisfelder von Chillicothe, der schöne Waldfluß strömte in ruhigem Bogen durch die große Lichtung, und über den blauen Bergen in der Ferne stand wie eine Verheißung die Sonne in der roten Glut des frühen Morgens. Ihre Strahlen begannen schon zu wärmen, ein klarer Sommertag hatte begonnen. In den Bäumen vor dem Dorf jubilierten schmetternd alle Vögel.

Jetzt war kein Zweifel mehr: sie waren gerettet. Wohl waren sie noch gefangen, wohl mochte es noch Monate, vielleicht Jahre dauern, bis sie die Ihren wiedersahen ..., aber bei den Engländern in Detroit waren sie doch ihres Lebens sicher. Einmal mußte ja der Krieg zwischen den Staaten und England sein Ende haben. Und daß sie glücklich nach Detroit kommen würden, davon waren sie jetzt überzeugt. Dieser Tecumseh hatte ja Thornton wegen seines hohen Alters direkt nach Boonesburg zurückgeschickt ... Wer so handelte, dem konnte man trauen. Als sie am Waldrand angelangt waren, blieben sie eine Weile stehen und sahen zurück. Mit welch anderen Gefühlen hatten sie vor drei Wochen hier gestanden, als das Indianerdorf dort in der Biegung des Scioto zum erstenmal vor ihnen aufgetaucht war, als sie die runden Erdhütten, den Palisadenring und den Badeplatz zum erstenmal gesehen hatten. Damals wie heute war der Fluß voll Badenden gewesen – wie anders klang heute ihr Gelächter herüber. Sie traten unwillkürlich näher zusammen, und Jim Mac Affee, der früher der Wildeste von ihnen allen gewesen war, mußte sich an Tom Floyd festhalten – auch er war durchgekommen und gerettet. Mac Affee hatte sich gewaltig verändert in diesen letzten Wochen.

Manch ein scheuer Blick flog hinüber zu Daniel Boone, der, an einem Baum gelehnt, etwas abseits stand und mit leicht zugekniffenen Augen die Lichtung betrachtete.

Ja, Danny mußte wieder hierher zurück ... als einziger von ihnen ... Was mochte er denken? Es war doch schwer für ihn. Er war nicht mehr der Jüngste ...

Und dann sahen sie Tecumseh an, der genau so wie die Weißen den alten Lederstrumpf anblickte. In dem Gesicht des Indianers war Achtung und Zuneigung zu lesen. Aber das gab nur wenig Beruhigung. Nein, dachten sie alle, Daniel Boone ist keiner von diesen windigen Franzosen, die sich so schnell bei den Roten einleben ... Er würde vor Sehnsucht nach Freiheit krank werden ...
Aber Daniel Boone straffte sich, als wehre er trübe Gedanken ab. Er hob den Kopf und sah seine Gefährten an, einen nach dem anderen; seine großen, braunen Augen glänzten voll Zuversicht, und er sagte mit froher und starker Stimme: »Kommt, Männer, ihr wenigstens seid gerettet!« Dann ging er mit weit ausholenden Schritten in den Wald hinein.

KANADA
NORDAME
Pazifischer Ozean
N
W
O
S
Golf von